1

Copyright © 2019 Diego Galdino

Tutti i diritti riservati

Self-Publishing

Editing: I. Ceneri

Prima Edizione

ROMANZO

BOSCO BIANCO

DIEGO GALDINO

A Icilio Ceretelli
perché ora veglia sui narcolettici dal posto più alto…

Ci sono persone che si notano appena, le mettiamo a fuoco da lontano e diventano nitide dopo un lentissimo avvicinamento. Altre sbucano da dietro una curva, senza preavviso, come un'apparizione...

Noi le chiamiamo ***destino***.

Santa Maria, 5 Luglio 2018

Io, Chiara Pizzi, sentendo avvicinarsi l'ora della mia morte, redigo, nel pieno delle mie facoltà mentali e con il cuore colmo di fiducia, le mie ultime volontà.

Desidero che tutti i miei averi vengano devoluti alla Chiesa di Santa Maria ad esclusione della tenuta di 'Bosco Bianco' dove io tuttora risiedo. Data la mancanza di progenie, voglio che la suddetta tenuta, dopo il mio decesso, venga ereditata da due persone: Il Signor Samuele Milleri, figlio della mia povera sorella Marzia, e dalla Signorina Maia Antonini, figlia della mia amatissima amica d'infanzia Cassandra. Essi ne entreranno in possesso alle medesime condizioni e con gli stessi diritti ma, onde evitare spiacevoli contrasti tra loro, avrà ciascuno solo una metà della casa, la quale potrà essere gestita da entrambi senza alcuna limitazione.

Credo di essere stata per tutti una buona amica ma se non lo fossi stata, chiedo venia. Alle persone che mi sono state vicino, con grande affetto e pazienza, durante questi anni passati a Bosco Bianco, auguro una vita serena e colma di ogni bene.

Spero che il mio ricordo rimanga a lungo impresso nella vostra memoria. Se ciò non dovesse accadere, io non ne sarò rammaricata; e se Dio mi darà l'opportunità di vivere nella Sua casa, vi proteggerò tutti di lassù.
Vi amo…

In fede:
Chiara Pizzi

CAPITOLO 1

Sta tranquilla Kate, il tempo un giorno ci riunirà. Anche se ora siamo distanti,
troverò il modo per esserti vicino e occuparmi di te.

(La casa sul lago del tempo)

La piccola cittadina di Santa Maria venne fondata nel 1710 dal duca Enrico Someri. Il nobile, durante un suo viaggio di piacere, rimase inevitabilmente affascinato da quel piccolo lembo di costa nascosto tra Amalfi e Positano.

Tornato a casa decise che avrebbe costruito tra quei venti leggeri e quelle dolci maree che tanto l'avevano ammaliato, la sua nuova dimora. Da allora in poi alcune perle sotto forma di case bianche e splendenti si unirono servendosi di quella scogliera come un invisibile filo naturale.

Quella regione, divenne così in breve tempo uno dei gioielli più preziosi con cui l'Italia adornò la sua rigogliosa terra.

Santa Maria come un elegante dama offrì il braccio al tempo ed insieme, sospinti da una leggera corrente marina, iniziarono a volteggiare secolo dopo secolo al centro del mondo, suscitando l'invidia dei presenti.

Fra quelle perle ve ne era una che risplendeva più delle altre: la tenuta di Bosco Bianco. Essa catturava lo sguardo grazie ad una qualità e una sofisticatezza architettonica fuori dal comune, insolita per un paese così piccolo. Esprimeva il meglio dello stile del diciottesimo secolo, costruita su due piani, con mattoni provenienti dalla vicina isola di Santa Caterina, era circondata da piccole colonne in legno di ciliegio verniciate di bianco come tutto il resto della casa. Con le sue settantadue finestre, incastonate sotto i portici delle doppie verande, riusciva ad abbracciare l'intera vista della scogliera di Santa Maria.

Come se non bastasse, a renderla quasi al limite della fantasia umana, vi erano trenta querce secolari che ne coprivano l'entrata principale, nascondendola coi loro rami agli occhi della gente.

Tutto ciò contribuì, con il passare degli anni, a creare intorno ad essa un alone di magico mistero.

Chiara Pizzi scrisse il suo testamento nel gazebo posto dietro la casa, l'aveva fatto costruire lei stessa per godere, serenamente seduta, della fresca brezza crepuscolare e per renderlo parte integrante della casa pretese che fosse costruito anch'esso in perfetto stile settecentesco. Fu così che le splendide decorazioni in legno ne accompagnarono la solida struttura a tempietto, e piccoli merletti furono cesellati con grande abilità dai mastri carpentieri intorno a tutta la sua circonferenza, due scalini circolari poi servirono a rialzarlo quel tanto che bastava per rendere la sua dolce linea estremamente elegante.

All'interno tre sedie si accompagnavano ad un grazioso tavolinetto adornato ogni mattina con fiori d'arancio. Il tutto era talmente liscio e levigato da sembrare marmoreo.

Adagiato sull'erba sembrava un enorme e candido giglio cresciuto lì, grazie alla generosità della terra.

Quando Andrea Razzi, proprietario di una catena di lussuosi alberghi dislocati in tutte le più importanti città d'Europa, ricevette il signor Milleri nel suo ufficio, lo fece senza sapere che avrebbe potuto acquistare da lui solo una metà della casa.

L'aveva vista per la prima volta su un libro dedicato alle dimore più belle e antiche d'Italia. Era una calda sera d'agosto e la festa a casa del sindaco di Milano si trascinava ormai stancamente verso la fine.

Andrea Razzi, stanco delle chiacchiere, si era defilato trovando rifugio nella tranquillità della biblioteca, dove sbirciando tra gli scaffali alla ricerca di qualcosa da leggere, si era imbattuto in quell'enorme volume di colore verde, aveva allungato immediatamente la mano per prenderlo e, subito dopo, incuriosito, aveva iniziato a sfogliarne le pagine.

Quando arrivò a pagina trentatré si fermò e prima di rimettere il libro al suo posto, la strappò infilandosela con circospezione nella tasca interna della giacca.

"Signor Milleri, mi sta forse dicendo che io da lei posso acquistare solo una metà della tenuta?" Andrea Razzi alzò la voce rivolgendosi all'uomo seduto di fronte a lui in maniera brusca, non facendo nulla per nascondere la sua rabbia per quella notizia inaspettata.

"Mi dispiace, signor Razzi, ma la mia cara zietta ha pensato bene di lasciare la casa in eredità a due persone diverse, dividendola in parti uguali."

Samuele Milleri era un uomo di quarantadue anni, ma con il suo aspetto poco curato, la barba incolta e l'epidermide perennemente arrossata, ne dimostrava molti di più. Conduceva una vita mediocre, quasi ai margini della società, infatti, professore di storia, era stato sospeso a tempo indeterminato per aver tenuto una lezione completamente ubriaco.

Era diventato alcolista dopo che la moglie lo aveva lasciato per scappare all'estero con un suo collega e da allora passava tutte le sere al bar sotto casa, davanti ad un boccale di birra svanita. Con la convinzione di fare qualche soldo facile si era appassionato alle corse di cavalli e nel giro di qualche mese aveva dilapidato tutti i suoi averi, eppure, proprio mentre iniziava a pensare di farla finita, il postino lo svegliò una mattina per consegnargli una raccomandata proveniente da Santa Maria.

Quando l'aprì, faticò a leggerla a causa dei suoi occhi gonfi dovuti all'ultima sbornia e pensò di essere ancora sotto l'effetto dei fumi dell'alcol. Corse in bagno, s'infilò sotto la doccia e aprì l'acqua fredda.

Dopo aver rimesso in funzione tutte le sue capacità mentali, si diresse in cucina e mise sul fuoco il caffè di due giorni prima, ne mandò giù un paio di tazze scottandosi la lingua, e quando fu pronto andò in soggiorno, riprese in mano la missiva e la rilesse con molta attenzione.

Il suo urlo di gioia si poté sentire fino al palazzo di fronte.

Il giorno dopo, senza perdere tempo, si presentò da un suo amico avvocato pregandolo di sbrigare per lui tutte le pratiche burocratiche

11

per usufruire il prima possibile dell'eredità di sua zia Chiara, da quel giorno 'la cara zia Chiara'.

Il fatto che avrebbe dovuto dividere la casa con un'altra persona non gli importava. La tenuta di Bosco Bianco era talmente grande che sarebbe bastato venderne una parte per coprire tutti i suoi debiti di gioco e rifarsi una vita dignitosa.

Quando ricevette la telefonata degli agenti immobiliari del signor Razzi, era da poco entrato in possesso delle chiavi con il relativo atto di proprietà ed in quel frangente aveva volutamente omesso di dire che non era l'unico proprietario, fissando l'appuntamento nella tarda mattinata del giorno seguente.

Andrea Razzi rimase per un attimo in silenzio, poi un lampo gli attraversò lo sguardo e un ghigno satanico gli si disegnò sulla faccia.

Appena viste le foto della casa, la sua immaginazione non perse tempo trasformando l'intera tenuta in un grande hotel extralusso, ad esclusivo uso e consumo degli uomini d'affari più importanti e facoltosi del mondo. Sarebbe bastato già questo a giustificare la fretta spasmodica con cui si adoperò per concluderne l'acquisto. Ma c'era dell'altro...

Non era un mistero che lui nutrisse, da qualche tempo, grandi ambizioni politiche. Con l'avvicinarsi delle elezioni per la carica di sindaco di Roma, la sua voglia di gettarsi nella mischia era aumentata notevolmente.

Nella sua mente bramosa di potere cominciò addirittura a farsi largo la prospettiva di sedersi un giorno dietro la scrivania di primo ministro.

Fu per questo motivo che quando lesse, sulla trafugata pagina trentatré, di vecchie storie riguardanti un diario segreto, nascosto all'interno di quella casa, i suoi occhi iniziarono a brillare.

Sì, perché l'autore di quel fantomatico diario era nientemeno che il leggendario scrittore americano Albert Grant che aveva trascorso un'intera estate presso la tenuta di Bosco Bianco.

Grant, un uomo dall'idee moderate ed illuminate, la cui cultura vastissima comprendeva la conoscenza di alcune lingue straniere tra cui il greco ed il latino.

Di una fede religiosa ardente, ma aliena a qualsiasi forma di bigottismo o fanatismo, aveva una gentilezza ed una comprensione verso il prossimo che contrastavano con il suo essere un combattente irriducibile.

Albert Grant considerava la schiavitù intellettuale un male sia politico che morale per ogni paese, in base a questi nobili principi il suo stile di vita fu irreprensibile, il suo valore, la sua lealtà e il suo coraggio nell'esprimere i suoi sentimenti, le sue emozioni in ciò che scriveva restarono scolpiti nella memoria degli americani che dopo la sua morte gli tributarono i giusti onori, acclamandolo eroe nazionale.

Andrea Razzi era consapevole di tutto ciò e nutriva una profonda ammirazione per quell'uomo che, meglio di qualunque altro, aveva rappresentato il genere umano.

Sapeva benissimo che entrare in possesso del diario segreto di Albert Grant equivaleva a mettere una seria ipoteca sulla vittoria finale alle elezioni per la carica di Sindaco. Quando chiudeva gli occhi, già si vedeva sul palco durante la sua campagna elettorale, fra gli applausi scroscianti dei suoi elettori. In mezzo al tripudio, con aria solenne, sfogliava quel cimelio leggendo alcuni passi di quello che sarebbe diventato il vangelo di tutti gli intellettuali del nuovo millennio.

Come ogni leggenda divenuta realtà, il diario avrebbe acquisito un alone di magico mistero, trasformandosi in un talismano di potere e ricchezza per chi avesse avuto la fortuna di venirne a contatto. Pur di trovarlo era disposto a tutto, anche a mettere l'intera casa sottosopra.

Se quel diario si trovava veramente lì presto avrebbe fatto bella mostra di sé nel suo ufficio di Roma, pronto per l'inizio della sua carriera politica.

E pensare che fino ad allora non aveva mai dato peso a quelle storie che, a suo avviso, erano solo frutto della fantasia popolare.

Stavolta però valeva la pena di rischiare, anche perché se la ricerca non avesse dato gli esiti sperati, si sarebbe potuto accontentare di essere il proprietario di un bellissimo hotel unico nel suo genere.

Ma in ogni leggenda si nasconde un fondamento di verità. La vicenda di Troia sembrava essere creata dalla mente brillante di un poeta cieco, poi Schliemann trovò la maschera di Agamennone e…

La forza di un grande uomo d'affari è riuscire, con estrema velocità e con idee brillanti, a far fronte alle difficoltà che si presentano inaspettate e lui, per sua fortuna, era un grande uomo d'affari e così nello spazio di pochi secondi elaborò un diabolico piano.

"Signor Milleri, lei conosce l'altra persona che beneficia della tenuta?"

"No, so chi è, ma non l'ho mai vista. A dire la verità, dovrei incontrarla sabato prossimo alle dieci, davanti all'ingresso della casa."

"Nemmeno in fotografia?"

Samuele Milleri si toccò il mento con espressione perplessa.

"Perché mi fa tutte queste domande?"

L'uomo d'affari tornò serio, fissandolo con disprezzo, aveva sempre odiato gli uomini senza carattere, senza spina dorsale, quelli che davanti ai problemi non sanno reagire e si rifugiano nell'alcol o nella droga. Parassiti che campano alle spalle di persone come lui, lavoratori infaticabili che pagano una montagna di tasse allo Stato per sovvenzionare quei centri che accolgono le persone come Milleri, i cosiddetti emarginati della società, in realtà scansafatiche che prima bivaccano da un locale all'altro e poi, sperperati tutti i loro soldi, cercano aiuto.

"Il motivo per cui le faccio tutte queste domande non deve interessarle. A lei servono i soldi, molti soldi e io posso darglieli subito. Ma per farlo devo essere certo di poter acquistare anche l'altra parte della casa, perché io di una sola metà non me ne faccio nulla."

Samuele Milleri si passò una mano sulla fronte imperlata di sudore, asciugandosela poi sui pantaloni.

"Non ci siamo mai visti, nemmeno in fotografia. Conosco il suo nome solo per averlo letto sugli atti del testamento di zia Chiara."

Razzi gli sorrise bonariamente, poi prese il telefono e compose il numero della sua segretaria.

"Signorina, corregga il contratto per l'acquisizione della tenuta: invece di tutta la casa, scriva che mi verrà ceduta dal signor Milleri solo la metà di essa. Sì, ha capito benissimo, signorina: acquisterò solo una metà della casa. Appena l'avrà modificato, informi il notaio e venite insieme da me. Il prima possibile!"

Riattaccò il telefono molto lentamente. Poi posò nuovamente lo sguardo sul suo dirimpettaio che l'osservava con aria soddisfatta.

"Ecco tutto a posto, ora non mi resta che farle l'assegno. Ovviamente la cifra, alla luce dei fatti, diventerà la metà, come la casa."

Detto questo, aprì un cassetto della sua scrivania tirandone fuori un libretto di assegni, prese dal taschino interno della giacca la sua penna stilografica e con fare indifferente cominciò a scrivere la cifra sotto lo sguardo di un Samuele Milleri sempre più ansioso. Dopo aver controllato che fosse compilato nella maniera giusta, lo staccò porgendoglielo. Il nipote della signora Pizzi allungò la mano tremante e quando arrivò a toccare quel pezzetto di carta, per lui di vitale importanza, emise un piccolo sospiro di sollievo.

Inaspettatamente Andrea Razzi non lo lasciò, facendolo rimanere sospeso a mezz'aria tra le loro mani.

"Da oggi di lei sul web deve sparire qualsiasi traccia, qualsiasi foto, quindi niente social, niente esposizioni mediatiche, nessuno deve poter scoprire che faccia ha o cosa fa. Chiaro?"

"Certo…Samuele Milleri? Mai sentito."

"No, mai visto."

"Mai visto."

Ma non le importa niente di vendere una casa così bella?"

Samuele Milleri, superato lo choc di un ripensamento del suo acquirente, sorrise.

"Chi si nutre di sogni vive affamato… Lo ha detto lei. A me servono i soldi. Molti soldi. E poi di una sola metà della casa non so che farmene."

L'uomo d'affari ricambiò il suo sorriso, lasciando andare l'assegno. Leggendo la cifra il professor Milleri ebbe un sussulto e, mentre tra sé e sé malediceva il fatto di non aver potuto vendergli l'intera abitazione, la saliva gli andò di traverso facendolo tossire ripetutamente.

Furono interrotti dalla segretaria che, dopo aver bussato, fece il suo ingresso nella stanza insieme al notaio, tenendo in mano il contratto e Razzi, con un gesto, invitò Milleri ad apporvi sopra la sua firma.

"Prego, signor Milleri, metta nero su bianco e potrà andare subito in banca a ritirare i suoi soldi."

Non se lo fece ripetere due volte e, senza neanche leggerlo, firmò.

Il notaio diede una rapida occhiata all'atto di vendita, per vedere se tutto fosse a posto e mise la sua firma sul documento convalidandone la legalità e la segretaria, appena egli ebbe finito, riprese il contratto guardando il suo capo che con un cenno li congedò.

"Bene, visto che abbiamo sbrigato tutte le formalità, penso che sia giunto il momento di darle le chiavi della casa e lasciarla al suo lavoro."

Detto questo, Samuele Milleri tirò fuori da una tasca un enorme mazzo di chiavi poggiandolo sulla scrivania, poi fece per alzarsi facendo intendere di voler stringere la mano al suo benefattore.

A quel punto il nuovo proprietario della metà di Bosco Bianco, con in mano ormai il contratto firmato e le chiavi della casa, ruppe gli indugi e rivolse al signor Milleri l'unica domanda a cui desiderava che rispondesse.

"Che sa dirmi sulle voci che vorrebbero il diario segreto dello scrittore Albert Grant nascosto nella casa che ho appena comprato?"

Samuele Milleri si alzò dalla sedia sistemandosi la cravatta.

"Mia madre mi parlò di questa storia quand' ero bambino, ma io non ci ho mai creduto. Sono un docente di storia e durante questi anni ho letto parecchie cose riguardo a Albert Grant. Non credo che lui abbia potuto nascondere uno scritto così importante in una casa dove trascorse appena un'estate…"

Rimasto da solo, Andrea Razzi, in un impeto di rabbia, diede un pugno sul tavolo. Le parole dette da un professore alcolizzato non potevano certo essere attendibili, ma gli lasciarono lo stesso una certa inquietudine. In ogni caso, ora sarebbe dovuto andare fino in fondo.

Prese da un cassetto la fotocopia del testamento della signora Chiara Pizzi e lesse il nome dell'erede dal quale avrebbe dovuto acquistare l'altra metà della casa, a qualsiasi costo.

Il nome era scritto in grassetto a metà pagina…

…Maia Antonini…

CAPITOLO 2

Mi avete stregato anima e corpo e vi amo, vi amo, vi amo e d'ora in poi non voglio più separarmi da voi.

(Orgoglio e pregiudizio)

"Papà, ma quanto ci metti?"
Giorgio Betti stava finendo di preparare la valigia quando sua figlia Giorgia entrò nella stanza. Girò la testa sorridendole e con le due dita fece il segno della vittoria.
"E' colpa tua. Per un soggiorno di una settimana a Disneyland Paris ti sei voluta portare l'intero armadio."
Giorgia sbuffando alzò gli occhi al cielo esasperata.
"Pà, tu non puoi capire. Ho tredici anni, ormai sono una donna e non posso andare in giro per il parco giochi sempre con gli stessi abiti. E' arrivato il momento di curare la mia immagine."
Giorgio scoppiò a ridere mettendosi seduto sul letto, poi tornò serio per un momento.
"Ah sì? Bene, figliola, ti ricordo che compirai tredici anni tra sei mesi e quindi, ancora non puoi considerarti una donna a tutti gli effetti. Credo che a Minnie e Paperina non faccia piacere che tu voglia fare colpo sui loro fidanzati."
Giorgia si finse offesa ma dopo aver fatto una linguaccia a suo padre, gli si avvicinò abbracciandolo.
"Papà, secondo te che rumore fa l'amore quando arriva?"
"Puff!"

"Puff?"

"Sì...Come una magia."

Proprio in quell'istante fece il suo ingresso nella camera anche Gaia, la figlia minore. All'età di quasi otto anni, con un paio di occhialetti tondi da intellettuale, il suo caratterino niente male ed i suoi modi da bambina saccente, era già in grado di mettere in riga tutto il resto della famiglia.

"Ma insomma! Abbiamo l'aereo tra meno di tre ore e voi perdete tempo con queste sciocche dimostrazioni d'affetto."

Giorgio e Giorgia si staccarono gridando in coro...

"Scusi 'signorina tu mi stufi!' "

Gaia avvampò di rabbia com' era solita fare ogni qual volta suo padre e sua sorella la chiamavano con quel soprannome, così prese un cuscino dal letto e lo scagliò con forza contro i due che avevano osato prenderla in giro.

"Adesso vi faccio vedere io."

iniziò così una battaglia di cuscini che culminò con i tre felici contendenti sdraiati esausti sul pavimento.

Giorgio fu il primo a rialzarsi e, infilandosi dentro i pantaloni la camicia ormai completamente fuori, indicò la porta.

"Ora fuori di qui. Il parco giochi ci aspetta e io non voglio rischiare di perdere l'aereo."

Giorgio credeva che fosse bello essere indispensabile per qualcuno, avere una prima persona a cui pensare quando vedi qualcosa di brutto in televisione, o leggi una notizia di cronaca nera sui giornali e speri che a quella persona non capiti mai niente di simile.

Magari pensare: Vabbè! Vivo in un mondo difficile, terremoti, malattie, guerre, povertà, omicidi, violenza, ma sono fortunato perchè almeno accanto a me c'è lei.

Forse si stava solo sbagliando, probabilmente è vero che tutti sono utili e nessuno indispensabile, specialmente in amore, perché improvvisamente le cose potrebbero cambiare e allora conviene farsene una ragione per continuare a vivere senza quella persona che ti sembrava indispensabile, lo dicono in tanti.

Lui non credeva che l'amore si potesse ridurre ad un punto di confine instabile. Un punto è un segno d'interpunzione, piccolo e semplice, l'amore invece è un intero dizionario grammaticale, ed è difficile per chiunque impararlo a memoria, perché ogni giorno le sue regole cambiano e quello che la sera pensi di sapere, il giorno dopo non ti serve a niente... Perché come canta Giuliano dei Negramaro: L'amore qui non passa mai... Forse.

La sua ex moglie era partita per una vacanza in America e gli aveva lasciato le figlie, che avrebbero dovuto passare con lui un intero mese del periodo estivo.

Succedeva tutti gli anni, ma fino a quell'estate non aveva fatto altro che prenderle in consegna e trasferirsi con loro nella casa al mare di sua madre, precisamente a Bisceglie, paese di origine del padre..

Quest'anno aveva deciso di fare qualcosa di diverso, qualcosa che le ragazze avrebbero ricordato per sempre: un viaggio in Francia, nel paese che ogni persona sogna di visitare, il paese delle meraviglie: Euro Disneyland .

La felicità delle figlie dopo aver saputo della nuova e ambita meta, lo convinsero che era stata una grandissima idea.

Giorgio prese in mano le valige controllando un'ultima volta, prima di uscire, che tutto fosse a posto, voleva che tutto fosse assolutamente perfetto. Giorgia e Gaia l'aspettavano impazienti davanti alla porta, ma proprio mentre Giorgio stava per spegnere la luce, squillò il telefono.

"Pronto?"

"Ciao Giorgio."

La voce inconfondibile del suo capo lo colse totalmente di sorpresa, facendogli correre un brivido lungo la schiena.

"Signor Razzi."

Riuscì a pronunciare solo quelle parole, ma il suo sesto senso gli fece presagire che quella telefonata sarebbe stata, sicuramente, foriera di pessime notizie.

"Giorgio, ti ho chiamato per una cosa importantissima. Voglio che tu vada a Santa Maria sulla costiera amalfitana dopodomani mattina, alle dieci hai appuntamento con una signora davanti all'ingresso principale di una casa."

Aveva sempre odiato quel suo modo dispotico di chiedere le cose, quelle sue richieste che non contemplavano risposte negative. Il suo 'voglio' significava una cosa sola, ubbidire.

"Veramente, signor Razzi, stavo partendo con le mie figlie per Parigi. Ho l'aereo che parte tra tre ore...sono in ferie."

Decise di fare ugualmente un tentativo, provò a dirglielo educatamente ma con tono fermo e deciso. Gaia sembrò soddisfatta, gli fece l'occhietto e ok con la mano.

La risposta del suo capo che tardava ad arrivare e un silenzio preoccupante gli misero addosso una leggera apprensione.

Da lì a poco avrebbe rimpianto quel silenzio.

"Giorgio, lo so che sei in ferie. Ti ci ho mandato io. Purtroppo però ho bisogno del mio migliore agente immobiliare. Devo concludere nel minor tempo possibile un affare importantissimo."

Il fatto di essere considerato dal suo capo il migliore, in quel frangente, non lo lusingò. Le sue figlie iniziarono ad osservarlo con un' espressione preoccupata dipinta sul viso.

"Signor Razzi, cerchi di capire, le ragazze... E poi così perdo i soldi dei biglietti aerei, e il deposito per l'albergo."

"Giorgio, stammi bene a sentire. Io ho fatto grandi progetti per il tuo futuro, ma i progetti si possono sempre cambiare. Oggi, se rinunci a partire, le tue figlie si arrabbieranno, ti terranno il broncio e ci rimetterai dei soldi che non potresti permetterti di perdere, tra qualche mese però, quando il tuo lavoro diverrà molto remunerativo, tanto da poter soddisfare ogni loro capriccio, vedrai che ti vorranno ancora più bene. Certo se tu decidessi di partire lo stesso, rifiutando di aiutarmi a concludere questo affare, le tue ragazze sarebbero contente, ma dopo, senza più il lavoro, il loro papà riuscirebbe a renderle ancora felici?"

Lo stava ricattando, era chiaro. Giorgio si passò nervosamente la lingua sulle labbra; continuò a fissare le sue figlie domandandosi cosa dovesse fare.

Razzi intuendo che ormai aveva il match in pugno, lo chiuse all'angolo incalzandolo con una domanda diretta.

"Allora che mi rispondi?"

Guardò Giorgia e Gaia ancora una volta, poi voltando loro le spalle, abbassò la testa, chiuse gli occhi e diede la sua risposta.

"Ok, a che ora devo venire domani?"

"Bene, sapevo che avresti accettato. Vedrai, non te ne pentirai. Ti aspetto domani pomeriggio alle sei nel mio ufficio. Ti spiegherò ogni cosa davanti ad un buon caffè. Ciao Giorgio, e mi raccomando, sii puntuale."

Dopo che Andrea Razzi ebbe chiuso la comunicazione, Giorgio rimase per un attimo con la cornetta attaccata all'orecchio ed immobile, quasi fosse paralizzato, sentì dei passi su per le scale.

Quando si voltò, dopo aver riattaccato il telefono, si accorse che le sue bambine non c'erano più. Entrò in camera e le trovò entrambe con la faccia sotto il cuscino mentre soffocavano a stento le lacrime. Voleva dire loro qualcosa, ma sapeva che qualsiasi parola sarebbe stata inutile. Provò lo stesso, deglutendo a fatica.

"Ragazze, mi dispiace veramente. Non ho potuto rifiutare. Anch' io tenevo a questa vacanza tanto quanto voi. Vi prego, non fate così. Non è cancellata, la dobbiamo solo rimandare di qualche giorno. Ditemi qualcosa."

Giorgio sapeva in cuor suo che ricomprare i biglietti aerei e dare un nuovo deposito per l'albergo non sarebbe stato semplice, ma confidava nel buon esito del suo lavoro.

Nel frattempo, continuando a tenere il cuscino sopra la faccia, le sue figlie si voltarono mettendosi a pancia sotto. Giorgio si avvicinò al letto, il tremendo senso di colpa che gli stringeva lo stomaco, velò i suoi occhi di lacrime. Si sedette accanto a loro, con la mano accarezzò delicatamente i capelli di Gaia ma, come se fosse stata morsa da una tarantola, lei si allontanò di scatto, mettendosi seduta.

Le sue guance, rigate dalle lacrime, erano di un rosso porpora e il suo sguardo pieno d'odio fulminò Giorgio, lasciandolo incenerito e nell'impossibilità di reagire.

"Ti odio! Ha ragione la mamma. A te non importa niente di noi! Pensi solo e sempre al tuo lavoro. Voglio la mamma. Non voglio stare con te, riportami da lei!" Le sue parole fiammeggiarono nella stanza gelando il cuore di suo padre che si riscosse e con dolcezza la prese fra le braccia, stringendola forte al petto.

"Mi dispiace, amore mio. Mi dispiace."

Giorgia che aveva assistito in silenzio a tutta la scena, cominciò a massaggiare la schiena di suo padre affettuosamente. Dopodiché sorrise facendo l'occhiolino a sua sorella.

"Ma sì. Che vuoi che sia aspettare qualche giorno in più. Dai, Gaia, adesso basta piangere. Prepariamoci invece per andare da nonna Anna. Aspetteremo lì il ritorno di nostro padre."

Giorgio commosso accarezzò la guancia della figlia maggiore, facendole con il capo un cenno d'assenso poi, sussurrando un grazie, si alzò ed uscì dalla stanza.

Superata la città di Bari, s'immise sulla statale e dopo qualche chilometro arrivò a Bisceglie.

La villa della famiglia Betti non era molto grande, ma orlata tutt'intorno da roseti e alberi di fichi, riusciva ugualmente a provocare l'invidia e l'ammirazione di ogni abitante del posto.

Seduta sui gradini dell'entrata, Anna aspettava l'arrivo di suo figlio e delle nipoti scrutando il mare in lontananza. Dopo aver parcheggiato la macchina davanti all'ingresso dell'abitazione, Giorgio portò dentro le valige senza proferire parola, a malapena salutò sua madre con un bacio quando al suo arrivo gli era andata incontro per dargli il benvenuto. Anna capì immediatamente che lo stato d'animo di Giorgio non era dei migliori ed evitò di fargli domande inutili.

Le ragazze erano abbracciate alla nonna quando Giorgio le salutò, prima di salire in macchina ed andare via, s'inginocchiò davanti a Giorgia spostandole una ciocca di capelli dalla fronte.

"Ciao, tesoro, mi raccomando, stai attenta a tua sorella e aiuta la nonna nelle faccende di casa. Vi telefono stasera per augurarvi la buonanotte."

Giorgia l'abbracciò, dandogli un bacio sulla fronte.

"Non ti preoccupare, papà. Andrà tutto bene. Non è la prima volta che stiamo dalla nonna."

Spesso la maturità di Giorgia riusciva a travalicare la sua giovane età. Assomigliava molto a Giorgio, nelle movenze, nel gesticolare e nel modo di affrontare le avversità. Erano i suoi tratti somatici però a non lasciare alcun dubbio sulla sua paternità. I capelli fini di colore castano portati sempre molto corti, gli occhi grandi, anch'essi castani e la bocca carnosa ne facevano la copia esatta di Giorgio.

"Sei una donna in gamba. Ops! Volevo dire una ragazzina."

Le diede un buffetto sul mento, facendole un sorriso che lei ricambiò con un altro abbraccio affettuoso. La parte più difficile purtroppo doveva ancora arrivare. Se ne rese conto inginocchiandosi davanti a Gaia. La sua faccia imbronciata lasciava intendere che non sarebbe stato facile congedarsi da lei.

Durante tutto il tragitto, da Roma fino a casa di sua madre, era stata a fissarlo attraverso lo specchietto retrovisore con uno sguardo che lasciava poco spazio all'interpretazione.

"Ciao, tesoro, ti voglio bene. Ci vediamo presto, te lo prometto."

Le si avvicinò con la bocca all'orecchio, fingendo un fare circospetto. "Tieni d'occhio tua sorella e la nonna. Lo sai che mi fido solo di te." Non gli rispose e chiusa nel suo muto risentimento cercò di ostentare una finta indifferenza.

Giorgio le prese la mano accarezzandogliela con dolcezza, ma lei infastidita la ritirò subito. Era inutile insistere, conosceva bene sua figlia, così si alzò, fece un cenno d'intesa a sua madre e si diresse verso l'automobile.

"Papà, aspetta!" stava per aprire lo sportello, quando si sentì chiamare. Gaia correva verso di lui con le braccia aperte: Giorgio si abbassò nell'attesa e, dopo averla presa in braccio, la strinse a sé tempestandole la guancia di teneri baci.

La sua bambina si sciolse in un irrefrenabile pianto, poggiando il viso rigato dalle lacrime sulla spalla del suo papà.

"Non è vero che ti odio! Non è vero. Ti voglio tanto bene. Te lo giuro. Portami con te, ti prego papà. Non lasciarmi, portami con te. Prometto che non ti darò fastidio, farò la brava."

Giorgio con un grande sforzo riuscì a non piangere, strofinando delicatamente la sua guancia a quella di lei l'abbracciò ancora più forte.

"Mi dispiace, amore mio, vorrei tanto portarti con me, ma non posso. Devo sbrigare un lavoro importante. Vedrai, farò presto, tornerò subito a riprenderti, così tutti insieme potremo partire per Disneyland Paris." Giorgio le asciugò gli occhi con la mano rimettendola giù; prese dalla tasca dei suoi pantaloni il fazzoletto per farle soffiare il naso e poi se lo rimise in tasca.

"Che bellissimo ricordo che mi hai lasciato. Ogni volta che sentirò l'umido del fazzoletto sulla mia pelle penserò a te."

Riuscì a strapparle un sorriso e finalmente poté salire in macchina con l'animo un po' più sereno.

Le salutò con la mano attraverso il finestrino e mentre si allontanava, dallo specchietto le vide corrergli dietro urlando un ultimo saluto. La cosa che più gli sarebbe mancata era avere la possibilità di dar loro il bacio della buonanotte. Ricordò che subito dopo il suo divorzio, suo padre, quando parlando gli aveva confessato che la cosa più dura era non poter più essere con loro, il non poter essere accanto alle sue figlie per rassicurarle se si fossero svegliate per un brutto sogno in una notte buia, gli aveva poggiato una mano sulla spalla, annuendo mestamente. Entrambi sapevano che non bisogna dimenticare mai di dare il bacio della buonanotte ad un figlio, perché è importante per lui sapere che la tua giornata, comunque vada, finirà sempre con la persona che ami di più al mondo.

Imboccando la statale per tornare indietro, come era solito fare fin dalla loro nascita, pregò il Signore affinché proteggesse le sue figlie durante la sua assenza.

CAPITOLO III

La cosa più strana del nostro modo di comunicare è che si tende a parlare più di niente che di qualcosa. Ma io volevo dire che tutto questo "niente" per me ha più significato di tanti "qualcosa".

(C'è post@ per te)

Mentre saliva con l'ascensore fino al quinto piano, Giorgio si chiese come fosse possibile che uno come lui lavorasse ancora per una persona tanto cinica e senza scrupoli come il signor Razzi.

Fu allora che la memoria lo riportò indietro a quel caldo giorno di giugno quando, appena laureato, già sposato e padre di due bambine, suo padre gli disse di averlo fatto assumere presso la società immobiliare del suo amico Andrea Razzi.

All'epoca non aveva ancora le idee chiare su cosa volesse fare del suo futuro, ma l'impellente necessità di mantenere la sua famiglia lo convinse ad accettare quel posto lautamente remunerato, che gli avrebbe dato la possibilità di cominciare a godersi un po' la vita.

In brevissimo tempo, aveva scalato la gerarchia della società grazie ad un'abilità unica nel concludere le trattative, sbalorditiva considerando la sua totale mancanza d'esperienza, sembrava essere nato per quel mestiere.

Suscitando l'invidia e l'ammirazione dei suoi colleghi, Giorgio Betti ben presto era diventato per Andrea Razzi un vero e proprio punto di riferimento.

I suoi ricordi s'interruppero davanti alla segretaria del suo capo. "Buongiorno Teresa, il signor Razzi mi sta aspettando. Puoi annunciarmi per favore?"

"Certo, lo faccio immediatamente."

Entrando lo trovò di spalle intento a guardare fuori dalla finestra. Dal suo ufficio, infatti, posto in cima ad un antico palazzo al centro di Roma, si poteva ammirare lo scorrere del Tevere. Giorgio amava tutto della sua città, anche i difetti, perché niente e nessuno è perfetto. Roma ogni tanto poteva trattarti male e rendersi antipatica, poi però, pensi alle facce dei turisti davanti al Colosseo o alla Fontana di Trevi e ti dici... "Io ci vivo a Roma e posso vederli tutte le volte che voglio." per questo si sentì fortunato, per essere nato nel posto più bello del mondo.

"Buongiorno, signor Razzi."

Il suo capo continuò a dargli le spalle rimanendo davanti alla finestra.

"Buongiorno. Mettiti pure comodo." Finalmente si voltò senza però mettersi seduto. Giorgio, invece, prese posto sul divano di pelle posto davanti alla scrivania, l'ufficio, arredato in modo molto sobrio, poteva sembrare all'apparenza quello di un normalissimo impiegato, se non fosse stato per il tocco di eleganza dato da un costosissimo tappeto persiano che ne copriva l'intero pavimento.

"Mi dispiace per le tue ragazze. Anche io ho una nipotina di cinque anni. Dove le hai lasciate?"

Non sapeva se fosse sincero mentre pronunciava quelle parole ma, conoscendo il tipo, pensò che stesse ipocritamente cercando d'indorargli la pillola.

"Le ho portate ieri mattina a casa di mia madre."

Gli rispose in maniera spiccia per fare in modo che Razzi arrivasse subito al dunque. In effetti moriva dalla voglia di conoscere il motivo per il quale era stato costretto a rimandare il suo viaggio a Disneyland Paris.

"Bene, sono in buone mani allora. Adesso veniamo a noi. Hai mai sentito parlare della cittadina di Santa Maria?"

Giorgio si staccò con la schiena dal divano, sporgendosi in avanti.

"Sì, vagamente. So che è un bel posto. Mi sembra sia tra Amalfi e Positano."

Razzi sorrise guardandolo con soddisfazione.

"Esatto, è proprio lì. Una vecchia signora è deceduta un mese fa, lasciando tutti i suoi beni alla Chiesa di Santa Maria, tranne la casa o meglio la tenuta dove lei risiedeva. Purtroppo la nostra cara vecchietta non aveva figli e così ha deciso di lasciarla a due persone. Queste due persone non si conoscono, non si sono mai viste, nemmeno in fotografia."

Giorgio seguiva con gli occhi il suo capo che, mentre parlava, continuava a muoversi avanti e indietro nella stanza con le mani dietro la schiena.

"La cosa che c'interessa di più è che la cara e dolce vecchietta, per non far torto a nessuno dei due eredi e per evitare spiacevoli contrasti tra loro, nel suo testamento intima una perfetta equivalenza delle parti. Ciascun erede entra in possesso di una metà della casa con ampia libertà di fruizione."

Giorgio interruppe per la prima volta il suo capo.

"Vediamo se ho capito. Se noi vogliamo mettere le mani sull'intera tenuta dobbiamo per forza intavolare due trattative distinte e separate."

"Esattamente, ma c'è una cosa che ancora non ti ho detto."

Razzi andò a sedersi dietro la sua scrivania, poi aprì un cassetto da cui tirò fuori un fascicolo mettendolo bene in mostra davanti a sé, affinché Giorgio potesse vederlo chiaramente.

"Qui dentro c'è l'atto di acquisto di una delle due metà della casa."

A quel punto Giorgio si alzò dal divano, si avvicinò alla scrivania e, dopo aver preso dalla mano del signor Razzi il fascicolo, ritornò al suo posto.

Lo aprì sfogliandone le prime pagine; Subito ai suoi occhi apparve una foto della casa. Definirla tale era assai riduttivo, oltraggioso. L'eleganza delle sue forme architettoniche e una grandiosità che andava ben oltre il tipico stile balneare, lo lasciarono notevolmente impressionato.

Il suo capo, conoscendolo, sapeva che non sarebbe rimasto indifferente di fronte a quell' immagine. Ed era per quel motivo che l'aveva messa all'inizio del dossier. Se aveva voluto sorprenderlo, c'era riuscito.

Giorgio cercò di non far trapelare l'emozione che quella casa aveva suscitato in lui, ma fu tradito dalla sua espressione ammirata.

"Ti piace, non è vero?"

"Sì, molto. Vuole farci un albergo?"

"Anche…"

La faccia del signor Razzi, con quel suo sguardo demoniaco, fece intuire a Giorgio che la volontà di acquistare quella casa nascondeva qualcosa di più.

"Cosa vuol dire?"

Il duro uomo d'affari scostò la sedia dalla scrivania rialzandosi in piedi, dopodiché prese dalla tasca interna della sua giacca un grosso sigaro, lo liberò dall'involucro trasparente e lo annusò, socchiudendo gli occhi per un breve istante.

"E' un peccato che si debbano fumare, non trovi?"

Senza aspettare la sua risposta, ne tagliò la punta e lo accese. Con una lunga boccata trattenne, per un po', l'aromatico fumo all'interno della sua bocca, poi lo soffiò fuori lentamente. Subito l'ufficio si riempì dell'odore forte del tabacco cubano.

"Giorgio, tu sai chi era Albert Grant?"

Colto alla sprovvista da quella domanda, rimase per un attimo in silenzio, domandandosi che nesso potesse esserci tra quella casa e il mitico scrittore statunitense.

"Certo, ma non vedo cosa c'entri con la tenuta che lei ha intenzione di comprare."

Andrea Razzi sorrise, posando il sigaro nel posacenere.

"Pare che in quella casa sia nascosto il suo diario segreto. Ed io, se ciò corrisponde a verità, ne voglio entrare in possesso a qualsiasi costo."

La determinazione del suo capo gli fece capire che non stava scherzando.

"Mi spieghi una cosa, però. Perché la persona che ha ereditato un simile gioiello, che probabilmente racchiude al suo interno uno dei cimeli storici più importanti dell'intera letteratura mondiale, ha avuto tanta fretta di liberarsene?"

Il proprietario dei più lussuosi alberghi delle città di mezzo mondo sembrò infastidirsi per la domanda velatamente ironica del suo agente immobiliare. Così, aggrottando le sopracciglia, gli rispose in modo polemico.

"Se tu fossi stato piantato improvvisamente dalla donna che amavi e affogando il dolore nell'alcol, avessi perso il tuo lavoro dopo aver dilapidato tutti i tuoi averi scommettendo alle corse dei cavalli, avresti aspettato a lungo prima di vendere la metà di una casa ereditata inaspettatamente?"

Si rese conto che, alla luce dei fatti, vi era una sola risposta valida.

"No, avrei intascato subito il denaro e sarei scappato in qualche paese tropicale."

Il signor Razzi rilassò i muscoli facciali e, a sorpresa, andò a sedersi sul divano accanto a lui.

"Infatti. Stamattina mi è stata recapitata una cartolina proveniente dalle Antille francesi, sulla quale un enorme 'grazie' sormontava la firma dell'ex proprietario della metà della casa."

Giorgio accennò un sorriso, scuotendo la testa, poi con un tono deciso si rivolse perentorio al suo interlocutore.

"E se l'altro erede decidesse di non vendere la sua parte? O ha già risolto anche questo problema?"

Il suo boss gli mise una mano sulla spalla e, con fare sornione, gli parlò scandendo bene le parole.

"E' per questo che sei qui oggi. Spetta a te risolvere questo problema."

Ora tutto gli fu chiaro: avrebbe dovuto convincere l'altro erede a vendere la sua parte. E il fatto che il signor Razzi avesse scelto il suo migliore agente per portare a termine questa trattativa ne indicava l'estrema difficoltà. Giorgio provò ad ostentare una certa sicurezza, non lasciando trapelare nessuna preoccupazione per quella 'missione impossibile'.

"Ovviamente, a questo punto, presumo che lei abbia già raccolto tutte le informazioni necessarie riguardanti la persona che devo convincere."

"Già, ed è per questo che posso confessarti che non ti ho scelto solo per la tua abilità nel concludere le compravendite, ma anche per il tuo fascino."

Giorgio rimase perplesso, non riuscendo a capire cosa volesse intendere per fascino, ma non gli ci volle troppo tempo per scoprirlo.

Il suo capo infatti, dopo avergli tolto il fascicolo dalle mani, gli mostrò la foto dell'altro possessore della casa.

"Lei è Maia Antonini, trent'anni, figlia di una carissima amica d'infanzia della vecchietta che ha redatto il testamento. Separata da due anni. Il marito, un importante dirigente della Rai, l'ha mollata quando ha scoperto che, a causa di un'infezione alle ovaie, non poteva dargli figli."

Giorgio a quel punto non riuscì a trattenersi, sbottando in un convinto...

"Che bastardo, figlio di puttana!"

Il signor Razzi smise per un attimo di parlare fissandolo.

"Io avrei fatto lo stesso. Ricorda, figliolo, uno può avere tutti i soldi che vuole, ma se poi non ha nessuno a cui lasciarli..."

Sostenne l'infido sguardo di quell'uomo insensibile seduto accanto a lui, e un profondo senso di disprezzo misto a nausea lo pervase.

"Ma andiamo avanti. Dopo la separazione è diventata una scrittrice. Indovina di che genere? Di favole per bambini, buffo no? Riscuotendo anche un discreto successo. E' diventata una specie di eremita dei fiori, conduce una vita molto ritirata, niente social, niente posta elettronica, un cellulare di vecchio tipo, anzi antico o se preferisci vintage, solo chiamate e sms, un contatto con il mondo esterno molto minimale, per usare un eufemismo, per farla breve, in questo momento, vicino non ha nessuno se non se stessa e questo per noi potrebbe rivelarsi un grande vantaggio o un grande svantaggio."

Giorgio infastidito da quella inopportuna ironia, rimase impassibile, così Andrea Razzi, sorridendo da solo alla sua battuta, finì compiaciuto il suo discorso.

"Domani avrebbe dovuto incontrarsi alle dieci, davanti all'ingresso principale della casa, con il signor Samuele Milleri, figlio della sorella di Chiara Pizzi e quindi comproprietario dell'abitazione. Ops! Perdonami, ex comproprietario."

Sembrava che il boss avesse concluso così il full immersion al suo agente immobiliare, ma dopo una breve pausa di riflessione si schiarì la gola e concluse:

"Ho detto 'avrebbe dovuto incontrare' per un motivo ben preciso."

Detto ciò si alzò, dirigendosi nuovamente verso la finestra.

"Il sole sta per tramontare. E' uno spettacolo unico. Sai, lo guardo da qui tutti i giorni, ormai sono venticinque anni. E ogni volta mi sembra sempre più bello. Vuol dire che un'altra giornata lavorativa è finita e che bisogna tornare a casa. Ma domani dovrò tornare qui, in questo ufficio, e aspettare un altro tramonto."

Giorgio per un attimo provò compassione per quell'uomo. Ma fu solo un attimo perché sapeva bene che quell'abbandono romantico celava un qualcosa di losco.

"Vorrei che tu, Giorgio Betti, mi aiutassi a veder calare il sole da un altro ufficio. Lo so, quello che sto per chiederti non ti piacerà, ma purtroppo penso sia l'unico modo per concludere, senza problemi e il più velocemente possibile, questo affare."

Finalmente la verità era vicina, l'epilogo di quell'incontro stava per essere scritto. Giorgio si alzò e si diresse alla finestra.

Era vero, il tramonto da lì riusciva ad essere decisamente magnifico.

Quando glielo chiese, lo fece senza guardarlo in viso, continuando ad ammirare il sole che stava scomparendo, lentamente, dietro l'orizzonte.

"Cosa devo fare?"

CAPITOLO IV

Non sono sicuro di averti dentro di me, né di essere dentro di te, e neppure di possederti. In ogni caso non è al possesso che aspiro. Credo invece che siamo entrambi dentro un altro essere che abbiamo creato, e che si chiama "noi"

(I ponti di Madison County)

Razzi nel rispondere alla domanda, era stato estremamente esauriente: l'indomani mattina si sarebbe dovuto presentare all'appuntamento con la signorina Maia Antonini, ma non come Giorgio Betti, agente immobiliare, bensì come Samuele Milleri, professore di storia, nonché coerede della signora Chiara Pizzi.

Seduto sul letto, Giorgio, continuava ad osservare la fotografia della donna alla quale avrebbe dovuto mentire, domandandosi come si sarebbe potuto perdonare una cosa simile.

Una bella ragazza, uno scatto naturale, rubato a sua insaputa. Aveva i capelli corti, di un biondo splendente, con grandi ricci che le incorniciavano il viso, i suoi occhi di un verde intenso dominavano tutta l'immagine. Eppure il suo sorriso lasciava pensare a qualcosa di amaro: era artificioso, forzato.

Amante della sua città e di tutte le leggende che l'accompagnavano, Giorgio non poté fare a meno di notare una particolarità. Non tutti i romani ne erano a conoscenza, ma pare che Roma avesse un nome segreto, una divinità tutelare che doveva restare sconosciuta ai nemici dell'impero, un nome talmente segreto da suscitare l'ira dell'imperatore Augusto su Ovidio accusato di averlo rivelato, infrangendo un tabù sacro e per questo mandato in esilio sul Mar Nero. Fin dalla sua fondazione pare che Roma fosse stata associata ad una divinità. Sovrapponendo la pianta della città a quella della volta celeste si può notare che i sette colli coincidono con le sette Pleiadi e che il Palatino coincide con una stella... Maia, come colei che ora proteggeva dal nemico la tenuta di Bosco Bianco.

Una settimana di tempo per convincerla a presentarsi da Razzi ed accettare la sua offerta, e su una cosa era stato categorico ed irremovibile: non doveva, per nessun motivo, mettersi a cercare il 'diario' durante la sua permanenza nella casa, ma soprattutto, doveva evitare di parlarne con la ragazza. Per portare a termine il piano, gli era stato fornito tutto il necessario. Il dettagliato fascicolo che ora teneva fra le mani, serviva a fornirgli tutte le indicazioni utili per giungere alla conclusione senza incorrere in errori.

Razzi era stato molto chiaro, conosceva Betti, separato con due figlie e un'ex moglie da mantenere, quel lavoro gli era indispensabile: se non fosse ritornato con le chiavi della casa, avrebbe dovuto cercarsi un'altra occupazione.

Giorgio partì con largo anticipo, e dopo aver preso l'autostrada in direzione di Amalfi, per non correre rischi, aumentò l'andatura.

Ricordò di quella volta in cui vi aveva portato le figlie durante un weekend. Una delle poche giornate, da quando si era separato, in cui era stato veramente felice. Ricordò come, dopo aver noleggiato una canoa, si erano divertiti un mondo ad attraversare una piccola baia. Fu così che la malinconia iniziò a prendere il sopravvento ed un forte bruciore allo stomaco lo riportò bruscamente alla realtà.

La consapevolezza di aver deluso, ancora una volta, le sue figlie, ironia della sorte, per andare ad imbrogliare una scrittrice di favole per bambini, gli fece per un attimo togliere il piede dall'acceleratore.

Ormai era troppo tardi per tirarsi indietro: davanti a lui, si poteva già scorgere la cittadina di Santa Maria. Con le sue splendide villette bianche a schiera, conservava ancora tutto il fascino dei tempi in cui il turismo non la faceva da padrone.

Essa sorgeva su una stretta fettuccia di sabbia, posta di fronte a una splendida baia che si affacciava timidamente sul Mar Tirreno.

Percorrendo il quartiere storico non poté fare a meno di rimanere ammaliato da quelle aristocratiche case di classico stampo Neoclassico. Poste su entrambi i lati della strada, sembrava quasi che volessero accompagnarlo lungo tutto il percorso, come un bianco corteo di eleganti signore.

Appena fuori da Santa Maria, seguendo le indicazioni stradali, si diresse verso la tenuta di Bosco Bianco.

Fino a quel momento, durante il viaggio, aveva preferito tenere la radio spenta, ma ora, con l'avvicinarsi del fatidico incontro, sentì il bisogno di ascoltare un po' di musica.

Radio Subasio stava mandando in onda le canzoni scelte dai radioascoltatori e quando Stefano Pozzovivo annunciò la canzone che stava per iniziare e a chi era dedicata, Giorgio alzò il volume. Aveva sempre amato Lucio Battisti, sapeva cantare l'amore come pochi, anzi secondo lui, c'era Lucio Battisti e poi c'erano tutti gli altri.

Ci sono cantanti che non andrebbero mai ascoltati mentre sei al volante. Uno di questi è Lucio. Sono artisti che ti fregano la concentrazione, perché qualcosa te la fanno sempre ricordare. Le canzoni di Lucio le sentiva da ragazzino durante i viaggi in macchina con i suoi per andare in vacanza d'estate. Una cassetta nera, con il nome impresso su entrambi i lati di colore dorato, di quelle che andavano bene per le autoradio di una volta e che avevi paura si potessero incastrare al momento di tirarle fuori. Il filo lo chiamavi, si è incastrato il filo dicevi, con la voce dispiaciuta, consapevole che poteva significare la fine di quella cassetta a cui tu tenevi tanto. Ma Lucio rendeva eterne anche quelle, come se l'autoradio sapesse che lui era intoccabile e non si poteva incastrare, se non nel tuo cuore.

Giorgio seduto sul sedile posteriore vedeva suo padre con le mani sul volante e si chiedeva se un giorno sarebbe stato bravo quanto lui a guidare, se sarebbe stato bravo quanto lui nel lavoro, se sarebbe stato bravo quanto lui ad amare una ragazza, se sarebbe stato bravo quanto lui a prescindere. Perché all'epoca non poteva immaginare che per dimenticarne una ne potessero bastare dieci...

In quel momento pensò che la colonna sonora più adatta, per accompagnare il suo attuale stato d'animo, fosse proprio una delle sue meravigliose canzoni melodiche e per un caso fortuito, quel brano sembrava essere stato scritto apposta per lui.

Così il musicista di Poggio Bustone gli tese una mano. Giorgio l'afferrò e si lasciò trascinare via con la mente da quelle note.

Oltre la tristezza.

-Perché no-

Improvvisamente Giorgio iniziò a cantare a squarciagola il ritornello della canzone. Una signora dentro una macchina ferma affianco alla sua, spaventata tirò su il finestrino, pensando che fosse un pericoloso squilibrato.

Ma lui non le badò, continuando a cantare sempre più forte. Sfogando così la sua rabbia, la sua depressione, per quella sua vita così piena di problemi...

Mancavano pochi chilometri a destinazione, quando si rese conto che la macchina sbandava pericolosamente verso destra.

Si fermò alla prima stazione di servizio che incontrò e, quando scese dall'automobile, ebbe la sgradita sorpresa di trovare una gomma a terra.

Il benzinaio, non senza difficoltà, estrasse dal pneumatico un enorme chiodo arrugginito. A lui non rimase altro da fare che imprecare contro la sua atavica sfortuna ed attendere pazientemente che quell'uomo gli cambiasse la ruota.

A pochi chilometri di distanza, in quel preciso istante Maia Antonini, stanca di aspettare, entrò nella tenuta di Bosco Bianco. Gli altissimi e verdi alberi, dall'aspetto solenne, le diedero il benvenuto.

Quello fu solo l'inizio del suo viaggio ai confini di una favola. Erano tantissimi anni che non vedeva quella casa. Dopo la morte di sua madre, rimasta sola, Maia aveva preso la sua vita in mano cercando di farne qualcosa di speciale, qualcosa di cui la mamma sarebbe stata orgogliosa. Si era trovata un lavoro, pagandosi gli studi fino alla laurea, contando esclusivamente sulle proprie forze, esattamente come aveva fatto sua madre, quando giovanissima aveva perso suo marito in un incidente d'auto.

Come Alice nel paese delle meraviglie, Maia avanzò fra invisibili personaggi e misteriosi posti, resi magici da silenzi improvvisi e da suoni naturali. Fu così che i suoi occhioni da bambina scoprirono la casa dei sogni, al cui interno ogni porta divenne un passaggio segreto ed ogni stanza uno scrigno prezioso. Infine, giunse nella grande sala, si mise seduta per terra incrociando le gambe, poggiò i gomiti su di esse e poi, sorridendo, si prese il volto fra le mani ed iniziò a pensare a quale vestito avrebbe dovuto indossare per il ballo… era finalmente a casa.

Giorgio giunse con due ore di ritardo e, quando non trovò nessuno sul luogo dell'appuntamento, maledisse quel chiodo in mezzo alla strada.

Cercò di mantenersi calmo, riordinando le idee pensando a quale potesse essere la cosa più giusta da fare in quel momento.

Tanto era nervoso che neanche si era reso conto di trovarsi finalmente davanti all'ingresso della famosa casa.

Ad un tratto, però, il rumore di un aereo gli fece alzare lo sguardo.

Come per magia, apparve davanti a lui, in tutto il suo splendore, la tenuta di Bosco Bianco. Come un uomo in silenzio riesca a rimanere senza parole, non ci è dato di saperlo, ma una cosa è certa: a Giorgio Betti capitò proprio questo.

Senza aspettare un minuto di più, ruppe ogni indugio, tirò fuori dalla tasca dei pantaloni le chiavi e si decise ad aprire il cancello per entrare.

Camminando verso l'ingresso della casa, si addentrò nel boschetto di querce centenarie, ed in mezzo a quegli anziani custodi, con il profumo della resina e i raggi di un sole prepotente che cercava di penetrare ad ogni costo fra quei fitti rami, comprese il motivo per il quale lo scrittore Albert Grant avrebbe potuto nascondere proprio in quel luogo il suo diario segreto.

Si dimenticò di essere il "comproprietario" di quella casa e chiese 'permesso' mentre entrava all'interno di essa.

Si trovò in un piccolo soggiorno e non rimase sorpreso nel constatare che anche la mobilia della stanza era in tono con l'architettura della casa. Un delizioso scrittoio color noce era anteposto ad una finestra che dava sul boschetto, e delle tendine merlettate di colore verde ne incorniciavano vezzosamente i contorni. L'arredamento di quella stanza finiva lì, a parte due piccoli piatti in porcellana raffiguranti un cane e un gatto che, dalla parete opposta, fronteggiavano la porta d'ingresso.

Avanzò e il legno del pavimento, anch'esso in noce, scricchiolò sotto i suoi passi. Quel rumore, amplificato dal silenzio assoluto che regnava nell'abitazione, fece trasalire Maia tutta intenta a rimuovere, con un panno umido, il pesante strato di polvere che copriva il davanzale dell'enorme camino, troneggiante nel salone principale. Sicuramente quella era la stanza più bella ed importante dell'intera tenuta.

Quando vi era entrata, aveva socchiuso gli occhi, provando a sentire gli echi di valzer lontani.

Fu allora che le danze ebbero inizio, e lei si ritrovò a girare su sé stessa, sognando il fruscio di lunghi abiti che, avvolgendola, crearono nella sua mente un immaginifico turbine di colori e stoffe leggere.

Maia girò la testa di scatto e, dopo aver appoggiato il panno sul pavimento, si diresse verso la porta. Uscendo dalla stanza per poco non si scontrò con Giorgio. Entrambi si bloccarono di colpo, restando immobili l'uno di fronte all'altra.

Giorgio, colto alla sprovvista, non riuscì ad articolare nessuna frase di senso compiuto. Di una cosa però si rese subito conto, la foto che aveva visto nel fascicolo non le rendeva affatto giustizia.

"Ciao! Sei Samuele Milleri?"

"Scusa?" Giorgio, ancora confuso per quell'incontro inaspettato, stava per tradirsi, ma nell'inconscio la voce del suo capo che gli urlava 'che diavolo stai facendo?' gli fece riprendere il controllo della situazione, evitando così di pregiudicare, ancora prima d'iniziare, il buon esito della sua missione.

A malincuore si calò nei panni del professor Samuele Milleri, dando inizio a quell'assurda e meschina messinscena ordita da Andrea Razzi ai danni di quella donna.

"Non sei Samuele Milleri? L'erede della signora Chiara Pizzi?"

"Sì, sono proprio io e tu dovresti essere Maia Antonini, se non sbaglio. Piacere di conoscerti." Allungò la mano stringendo quella di lei, ma per poco, perché il senso di colpa si era già fatto insopportabile.

"Che ne dici se ci beviamo un caffè seduti fuori in veranda? Da buona napoletana ne ho portata con me una confezione e mi sembra di aver visto una vecchia Moka di la, da qualche parte."

"Perché no? Ho proprio bisogno di un po' di caffeina."

Maia si diresse verso la cucina, Giorgio seguendola notò con preoccupazione il suo modo di fare già da padrona di casa.

"Ti posso aiutare in qualche modo?"

"Se vuoi, intanto, puoi preparare le tazzine e portarle fuori. Già che ci sei prendi anche il latte nel frigorifero e lo zucchero sulla credenza. Ebbene sì, confesso, non ho portato solo il caffè, avevo immaginato non ci fosse molto in casa."

Il finto Samuele Milleri fece quello che gli aveva detto la vera proprietaria della casa, approfittando della distrazione di lei si mise scherzosamente sull'attenti ed andò ad aspettarla in veranda. Dopo qualche minuto Maia arrivò portando la Moka con il caffè fumante, gli riempì la tazza e si mise seduta vicina. Giorgio sembrava pensieroso, fissava il paesaggio, rapito da quel silenzio irreale. Le foglie degli alberi, facevano da cornice a quel posto rubato a qualche favola. Le foglie nascondevano alla vista il mare, ma il rumore delle onde si poteva udire distintamente.

"Ma tu non eri mai stato qui prima? Non sei mai venuto a trovare tua zia?"

Giorgio aveva letto nel fascicolo qualcosa che lo aiutò a rispondere.

"Quando ci venivo ero piccolissimo, non lo ricordo quasi affatto. Da anni mia madre e mia zia non erano più in buoni rapporti, non si vedevano e non si sentivano. Per questo sono rimasto molto sorpreso nello scoprire che aveva lasciato metà della tenuta a me."

Maia stava ascoltando con interesse.

"E' bellissimo qui. Questo posto riesce a trasmetterti un senso di serenità, d'abbandono, è come se tutti i tuoi pensieri si sedessero a riposare."

Maia lo guardava, mentre lui si portava la tazzina di caffè alla bocca. La teneva stretta con tutte e due le mani, bevendolo a piccoli sorsi.

"Ti capisco. Anch'io mancavo da tanto. Ho sempre considerato Bosco Bianco come la linea di confine tra il sogno di come vorresti che fosse ogni posto e la consapevolezza che non potrà mai esserlo."

Maia si alzò, prese la tazzina vuota dalle mani di Giorgio e fece per rientrare in casa.

"Vieni ti mostro Bosco Bianco, ora che puoi apprezzarlo come si deve."

CAPITOLO V

Ti amo più di ogni altra cosa al mondo senza eccezioni. Non ti basta?

(Twilight)

Seduti ad un tavolo di un piccolo e tipico ristorante nel centro di Santa Maria, i due proprietari della casa più bella dell'intera costa iniziarono a conoscersi.

Giorgio si era facilmente lasciato convincere da Maia ad andare fuori a pranzo. La verve di quella donna che sprizzava energia da ogni poro della sua pelle lo aveva letteralmente frastornato.

In poco tempo era riuscita a fargli visitare ogni angolo di Bosco Bianco, saltellando allegramente da una stanza all'altra con un entusiasmo quasi infantile. Osservandola gli tornò alla mente un cartello colorato, che aveva visto appeso alla parete della classe di sua figlia più piccola...

"Una persona buona lo è sempre, perché se non lo fosse andrebbe contro la sua natura."

Ascoltando le sue prime impressioni riguardo la casa, non poté fare a meno di provare un profondo senso di sconforto, tanto da restarne intimorito. Mentre stavano parlando in una delle verande al piano superiore, davanti a quella vista magnifica, lei con un'espressione rapita e la voce rotta dall'emozione gli aveva detto:

"Non è meravigliosa! Ho sempre desiderato di abitare in un posto così." In quel momento Betti ricordò di avere a disposizione una settimana soltanto per convincerla a vendere, avrebbe dovuto, con l'inganno, farla rinunciare al posto in cui aveva sempre desiderato vivere.

"Perdonami Samuele, spero che il mio modo di fare non ti abbia messo in difficoltà. Sai, ho pensato che, visto che dovremo condividere lo stesso tetto, fosse giusto rompere subito il ghiaccio."

Il fumo della zuppa di pesce, appena servita, salendo verso l'alto, rendeva sfocati i contorni dei loro volti.

"No, figurati, sei stata molto carina. Ma c'è una cosa che desidero tu sappia subito."

Maia si mise il tovagliolo sulle gambe, iniziando a mettere il pesce nel piatto di Giorgio.

"Dimmi, hai tutta la mia attenzione."

Alzò lo sguardo un momento, sorridendogli. Giorgio era stupefatto dal comportamento di quella donna. Con la sua spontaneità, i suoi modi così semplici e gentili, lo stava mettendo in grande difficoltà. Se almeno gli fosse stata antipatica, sarebbe stato tutto più facile, invece...

Purtroppo la consapevolezza di non poter tergiversare lo costrinse ad andare subito al sodo. Il tempo che aveva a disposizione era poco, quindi bisognava agire immediatamente.

"Mi sono già impegnato con un'importante agenzia immobiliare per vendere la mia parte della casa."

Maia, rimanendo impassibile, porse a Giorgio la sua porzione di zuppa. Poi si riempì il bicchiere d'acqua.

"Vuoi?"

Alzò la bottiglia facendo il gesto di voler riempire anche il suo bicchiere.

"Sì, grazie."

L'acqua gorgogliò e quel debole rumore coprì il silenzio che si era creato, temporaneamente, fra loro.

Dopo aver riposto la bottiglia nel cestello del ghiaccio, Maia lo fissò.

"Mi spieghi cosa se ne farebbe l'agenzia immobiliare soltanto di una parte della casa?"

Lo pietrificò. Era pronto a tutto, ma non a quella domanda, fu per lui come uno schiaffo. Istintivamente si accarezzò la guancia.

Era una donna che sapeva il fatto suo. Leggera come l'organza e pesante come la lana.

Il suo primo pensiero fu trovare una risposta da darle, valida ma soprattutto immediata. Da quella prima mano trasse la sensazione che la partita sarebbe stata durissima, ma la cosa che in quel momento più lo terrorizzava era che Maia Antonini iniziava a piacergli davvero.

"Credo che dopo aver firmato la cessione della mia parte, correranno da te per comprare la tua."

Lei sorrise, e con la forchetta prese uno dei molluschi estraendolo dal guscio, per poi assaporarne la polpa con aria soddisfatta.

Continuava a fissarlo masticando molto lentamente, poi inghiottita quella prelibata leccornia, bevve un sorso d'acqua e si asciugò le labbra con il tovagliolo.

"Faranno un viaggio a vuoto. Non ho nessuna intenzione di vendere."

Giorgio non si scompose e, cercando di sembrare il più disinteressato possibile, provò ad avvicinarsi alla sua preda.

"Ti faranno un'offerta che sarà molto difficile rifiutare."

"La stessa che hanno fatto a te?"

Stavolta fu Giorgio a sorridere e per la prima volta, da quando era giunto a Bosco Bianco, si chiese che diavolo ci stesse facendo lì.

"No, con me è stato molto facile. Praticamente non c'è stato bisogno d'intavolare nessuna trattativa. Ho accettato la prima cifra che mi hanno offerto."

"E pensi che a me proporranno una somma di denaro maggiore?"

"Sicuramente. Da quanto ho capito sono disposti a tutto pur d'acquistare l'intera tenuta."

Maia abbassò lo sguardo, riprendendo a mangiare, ma non passò molto tempo che si fermò di nuovo, posando la forchetta nel piatto.

Mise i gomiti sul tavolo e, incrociando le dita, vi poggiò sopra il mento.

"Come puoi rinunciare così a cuor leggero ad una casa tanto bella?"

Già, come si poteva? Si era posto la stessa domanda, appena aveva messo piede a Bosco Bianco. Ma lui non era stato mandato lì per porsi delle domande. Il suo compito era un altro, purtroppo.

Ogni parola, una bugia, ogni frase, erano una menzogna, tutto il discorso un tradimento, inseguendo l'infido scopo d'ingannare. Lei? No, sé stesso.

Da quel momento le parlò evitando d'incrociare il suo sguardo. Perché se è vero 'che lo sguardo è lo specchio dell'anima' lui avrebbe rischiato di farsi scoprire con un battito di ciglia.

"Problemi logistici. Vedi io insegno all'Università La Sapienza di Roma, quindi mi sarebbe praticamente impossibile trasferirmi a Santa Maria. E poi...ho bisogno di soldi."

Mentre lo disse, finse di guardarsi intorno in cerca del cameriere. Maia pensò che quell'improvviso disagio di Giorgio fosse dovuto all'imbarazzante ammissione riguardo la sua necessità di denaro, quindi cercò con una battuta di non farglielo pesare eccessivamente.

"Scommetto che ti servono per acquistare una macchina nuova, visto quel catorcio con cui sei arrivato."

La guardò sbigottito, non tanto per il giudizio negativo che aveva espresso sulla sua auto, quanto per la sincera cordialità che continuava a mostrargli. In fin dei conti si erano appena conosciuti, in teoria non sapevano niente l'uno dell'altra, eppure lei non aveva perso un attimo, cercando di farlo abituare il prima possibile all'idea di condividere da buoni amici quella che, secondo Maia Antonini, sarebbe dovuta diventare la loro casa.

"Premesso che la mia macchina non è un catorcio, e quindi di cambiarla non se ne parla, i soldi mi servono…"

Si bloccò di colpo, lasciando la frase in sospeso. Si era accorto che in quel momento le stava parlando come Giorgio Betti e non come Samuele Milleri.

"Perché?" Maia aspettava la sua risposta con aria perplessa.

Si arrese all'evidenza: gli era impossibile voltare le spalle alla fiducia disarmante che la donna riponeva in lui, così, basandosi sulla certezza che lei non avesse avuto, prima di quel giorno, nessun contatto con il nipote della signora Pizzi, decise di parlarle il più liberamente possibile, evitando di rivelarle il suo vero lavoro.

"Perché sono separato e padre di due figlie."

"Come si chiamano?"

Glielo chiese lasciando trasparire un certo entusiasmo.

"Giorgia, la più grande, e Gaia, la più piccola."

"Sono due bellissimi nomi. Ti somigliano?"

Un evidente velo di tristezza scese sul viso di Giorgio. Maia se ne accorse.

"Mi dispiace, non volevo farti immalinconire."

"Non ti preoccupare. Il fatto è che… Avrei dovute portarle a Disneyland, ma ho dovuto rimandare per sbrigare tutte le pratiche riguardanti l'eredità. E allora…"

"Ci sono rimaste male."

Giorgio annuì. Maia non poteva immaginare che l'uomo seduto di fronte a lei fosse a conoscenza di ogni particolare riguardante la sua vita e per il momento, decise di evitare di parlargli del suo dolore. Il destino le aveva negato la possibilità di avere dei figli, quando per lei i bambini erano ciò che di più bello esiste al mondo.

"Vedrai gli passerà presto."

Giorgio apprezzò la sua dolcezza, e pensò a quanto fosse crudele la vita. Era convinto che avrebbe potuto essere una mamma meravigliosa.

"Lo spero."

"Scusami se sono indiscreta, ma ti posso chiedere la causa della separazione?"

La conversazione stava diventando molto personale e Giorgio sentiva la situazione sfuggirgli di mano, così cercò di riprendere il controllo, facendo tornare in cima ai suoi pensieri il vero motivo per il quale era seduto davanti a quella donna.

"Non ti offendere, Maia, ma preferirei non parlarne."

"Ok, scusami ancora."

Finirono di mangiare degustando un ottimo caffè espresso, poi pagarono il conto, rigorosamente a metà, e si alzarono per andare via. Quando arrivarono a casa il sole stava per declinare. Giorgio disse a Maia che aveva prenotato, per quella notte, una stanza in un modesto albergo a Santa Maria, ma lei scoppiando a ridere gli fece notare quanto fosse assurdo che il proprietario di una casa con così tante camere da letto andasse a dormire in albergo. Anche perché in quelle stanze vi era tutto il necessario per gli ospiti.

Disdetta la prenotazione e data la buonanotte alla sua coinquilina, Giorgio si chiuse a chiave nella sua stanza. Appena fu solo, prese dalla borsa il cellulare e compose il numero del suo capo.

"Buonasera, signor Razzi."

"Giorgio finalmente! Aspettavo con ansia la tua telefonata. Allora?"

Per qualche secondo rimase a fissare il pavimento, cercando di prendere tempo, cosciente che quello che stava per dire avrebbe tradito le aspettative del suo capo. Incominciò, con voce secca e bassa, ad esporgli come stavano realmente le cose.

"La casa è meravigliosa. Tutta la tenuta lo è. La donna è in gamba, molto in gamba e, a quanto pare, non ha nessuna intenzione di vendere la sua parte."

La risposta furiosa di Andrea Razzi non si fece attendere e l'affabilità iniziale venne subito sostituita da un tono di rimprovero che, però, non sorprese Giorgio, da tempo abituato a quei repentini cambi d'umore.

"Cosa significa che non ha nessuna intenzione di vendere? Le hai fatto capire che in ballo ci sono un mucchio di soldi?"

"I soldi non le interessano. Ne ha abbastanza per tenersi la casa."

La risata sommessa che sentì giungere come risposta dall'altro capo del telefono, lo lasciò allibito tanto da fargli pensare ad un'interferenza sulla linea telefonica.

Le parole che seguirono gli tolsero qualsiasi dubbio sull'identità del suo interlocutore.

"Giorgio, ho l'impressione che tu non abbia focalizzato bene la situazione, credo che dovresti cominciare nuovamente a tenere gli occhi ben fissi sulla palla. Ti dò questo consiglio perché mi sembra che la sua intenzione di non vendere ti abbia lasciato completamente indifferente. Spero di sbagliarmi, ma se non fosse così, ti vorrei ricordare che la tua permanenza nella mia società dipende esclusivamente dalla buona riuscita di quest'affare."

Non si fece intimorire da quella velata minaccia e parlò ostentando una certa sicurezza.

"Non pensavo bastasse così poco per farmi licenziare. Ero convinto di averle ampiamente dimostrato le mie capacità, ma evidentemente mi sono sbagliato."

"Vedi, Giorgio, è proprio per le tue notevoli potenzialità che da te pretendo sempre il massimo. Nella mia società tu non potresti mai occupare un ruolo di secondo piano, voglio dire, essere un agente qualunque, uno che svolge il suo compitino e poi se ne torna a casa sereno e tranquillo. Io vorrei fare di te il mio braccio destro, ma c'è un problema: il mio braccio destro dev'essere un uomo vincente, sempre, come me."

Quel modo subdolo, del suo capo, di trasformare i ricatti in azioni pro bono aveva sempre suscitato in Giorgio quasi un senso d'ammirazione.

Era convinto, infatti, che l'unica cosa che gli mancasse per diventare un grande uomo d'affari fosse quel sano cinismo che faceva del suo boss un vero e proprio 'bastardo'.

"Ho come l'impressione di essere con le spalle al muro."

Giorgio disse quella frase lasciando trasparire un certo sarcasmo. Ma ciò scatenò in Andrea Razzi una reazione rabbiosa.

"Stammi bene a sentire, tu sei lì non solo per la tua abilità nel concludere le compravendite, ma anche perché sei un uomo molto affascinante. Quindi seducila, portatela a letto! Se serve vai a Las Vegas e sposala, insomma fa quello che vuoi, ma lunedì mattina voglio che lei venga da me per cedermi la sua parte della casa! Altrimenti sei fuori."

Dopo aver chiuso la comunicazione Giorgio, con un gesto di stizza, buttò il cellulare sul letto. Poi si ricordò che doveva telefonare alle sue figlie ma, guardando l'orologio, si rese conto di quanto fosse tardi. Probabilmente ormai stavano già dormendo. Deluso si mise a sedere sul bordo del letto premendosi gli occhi con i palmi delle mani.

A volte si sentiva indefinito, sommerso dalle lacrime e avrebbe voluto tanto avere accanto una persona a cui poter dire... Asciugami.

CAPITOLO VI

Qualsiasi cosa accada domani, viviamo oggi... non lo dimenticare mai.

(One day)

La sua camera da letto, come tutte le altre, si trovava al piano superiore; Giorgio e Maia avevano scelto le due più grandi e belle.

Entrambe erano provviste di una veranda che si affacciava sul boschetto di querce ed erano arredate in modo molto elegante.

Un meraviglioso letto a baldacchino, infatti, faceva bella mostra di sé al centro della stanza ed una rifinitissima cassettiera vi era posta davanti, facendo pan dan con due comodini posizionati ai lati del letto. Se non fosse stato per una abatjour, che emanava una debole luce artificiale, chi dormiva in quelle stanze avrebbe potuto pensare di essere finito nel romanzo Il Gattopardo.

Quella notte, Giorgio stranamente era riuscito a dormire un sonno profondissimo, interrotto solo dal cinguettio degli uccelli che cantavano al sole già alto sulla grondaia della veranda.

Quando aprì la porta della camera percepì immediatamente un profumo inconfondibile e, seguendo quella invitante scia, cominciò a scendere le scale. Giunto in prossimità della cucina, sentì nitidamente il gorgoglio inconfondibile del caffè che usciva dalla Moka.

Facendo capolino si trovò davanti Maia che apparecchiava la tavola, o meglio una parte di essa.

Le dimensioni del tavolino erano proporzionate a quelle dell'enorme cucina. Pentole di rame dondolavano, in fila, sopra un lavello di ceramica bianca. Tutto il resto della stanza era in legno, tranne un gigantesco frigorifero ultramoderno che ne occupava un angolo.

Maia, sentendosi osservata, si girò verso la porta e scorse la presenza del suo coinquilino.

"Buongiorno, signor Milleri! A quanto vedo è inutile chiederti se hai dormito bene."

Giorgio si grattò la guancia con fare assonnato, ma non a tal punto da dimenticare di essere Samuele Milleri.

"Erano anni che non dormivo così."

Maia, dopo aver preso dalla credenza un coloratissimo piatto, vi mise sopra delle fette biscottate con della marmellata, accanto ad esse delle appetitose fette di ciambellone al cioccolato.

"Hai fame?"

"Abbastanza."

"Bene, allora siediti e serviti pure."

Non se lo fece ripetere due volte e, ipnotizzato da tutto quel ben di Dio, si accomodò con studiata lentezza per non darle l'impressione di essere molto affamato. Maia si sciolse il grembiule, vistosamente macchiato, poi si sedette di fronte a lui.

Giorgio non riuscì più a trattenersi e, dopo aver poggiato un tovagliolo sulle gambe, si gettò con aria famelica sul cibo.

Maia l'osservava compiaciuta e lui, cercando di ridarsi un po' di contegno, deglutì un grosso boccone troppo velocemente tanto da essere costretto a bere il caffè per evitare il soffocamento.

"Ma tu non mangi?"

"No, ho già mangiato. Queste cose le ho preparate solo per te."

Un leggero imbarazzo gli colorò il viso, costringendolo ad abbassare lo sguardo. Smise per un momento di mangiare. Cosa stava succedendo? Ripensò alla telefonata della sera prima, alle parole minacciose del signor Razzi: "Altrimenti sei fuori." Quando riportò gli occhi su di lei, l'appetito gli era notevolmente diminuito.

"Sei stata molto gentile, ma dove sei riuscita a trovare tutta questa roba?"

"Al supermercato di Santa Maria. Vedi, stamattina mi sono svegliata al sorgere del sole, mi sono affacciata alla finestra e davanti ad un cielo completamente sereno, mi è passato il sonno. Allora mi sono vestita, ho preso la macchina ed ho pensato di farti una sorpresa."

La faccia di Giorgio si fece seria, prese il tovagliolo per pulirsi la bocca, ma invece di rimetterlo sulle gambe, lo poggiò con disappunto sul tavolo.

"Cosa stai cercando di fare?"

"In che senso?"

L'atmosfera nella stanza divenne improvvisamente pesante.

"Tutte queste gentilezze, queste attenzioni. Mi conosci appena... Che hai in mente?"

Le parlò usando un tono brusco. Cercava di rendersi antipatico nella speranza che lei smettesse di rendergli le cose ancora più difficili. Maia sfoderò un bellissimo sorriso lasciandolo spiazzato.

"Voglio convincerti a non vendere la casa."

A quel punto, non sapendo se mettersi a ridere o disperarsi per quella risposta, decise che per lui la colazione poteva considerarsi conclusa lì. Si alzò da tavola, visibilmente contrariato, ed uscì dalla stanza senza dire altro.

Seduta nel gazebo, circonfusa dalla calura estiva che rendeva impalpabili i contorni delle cose, Maia pensò a Chiara Pizzi.

Chissà quante volte si era seduta in quel medesimo posto. La ricordava appena.

Quando Chiara decise di trasferirsi per sempre a Santa Maria, lei era ancora una bambina dai riccioli biondi.

Rammentava perfettamente il giorno della sua partenza e quanto ne aveva sofferto sua madre.

Erano molto legate, avevano condiviso tutto fin da bambine, le gioie e i dolori, l'infanzia e l'adolescenza, i sogni e i pensieri, ogni cosa fino a quella fatidica mattina quando lei, in braccio a sua madre, la vide allontanarsi con la sua macchina e sparire dietro l'orizzonte.

Ora, grazie a quel meraviglioso vincolo d'amicizia, Maia era entrata in possesso della metà di quella casa. E cosa ancora più importante, pensava all'inizio, l'avrebbe dovuta dividere con il nipote di Chiara.

Ciò l'aveva resa maggiormente felice, perché credeva che insieme avrebbero fatto l'impossibile per far sì che Bosco Bianco restasse tale e quale a come l'aveva lasciata la signora Pizzi.

Purtroppo la realtà si era rivelata ben diversa. Era confusa, disorientata dalla decisione di Samuele di vendere la propria parte, dal fatto che lui fosse già in parola con un'agenzia immobiliare. Mai avrebbe pensato che le cose sarebbero andate a finire in quel modo. Solo allora si accorse di Giorgio che la stava guardando appoggiato ad una delle colonnine del gazebo.

"Scusami per prima, non volevo essere scortese. Mi dispiace. Prepararmi la colazione è stato un pensiero molto gentile. A volte mi comporto come un idiota."

Maia con la mano si sistemò una ciocca di capelli. Poi si alzò, andando verso di lui. Gli passò accanto scendendo con attenzione i gradini.

"Non c'è problema, ma dopo non venire a raccontarmi che ti sei separato perché tua moglie aveva un pessimo carattere."

Giorgio scosse la testa ghignando per quella battuta e, voltatosi, la osservò mentre si allontanava camminando lentamente sull'erba soffice del giardino.

"Dove vai adesso?"

Maia, senza neanche voltarsi, gli fece segno di seguirla.

"Vieni, c'è una cosa che voglio farti vedere."

La seguì, girando intorno alla casa, e si addentrò insieme a lei nel boschetto.

Maia camminava sicura davanti a lui, ed ogni tanto con la mano accarezzava il tronco degli alberi, come se salutasse, con una pacca sulla spalla, un vecchio amico appena incontrato.

Giorgio capì da quel suo gesto che ormai lei si sentiva a casa. Ogni oggetto, ogni essenza o luogo all'interno della tenuta di Bosco Bianco le apparteneva per diritto d'amore.

Così, senza sapere bene il perché, provò anche lui l'impulso irrefrenabile di poggiare la sua mano su uno di quegli alberi che sbarravano il passaggio.

Ad un tratto Maia si fermò e, girandosi, gli fece cenno di stare zitto. Poi gli indicò la radura che si apriva davanti a loro, al cui centro un tronco vuoto adagiato per terra, quasi interamente coperto di muschio, faceva bella mostra di sé.

La luce del sole, rimbalzando sugli alberi intorno, ne andava a sfiorare una parte rendendolo di un colore ed un aspetto irreali.

Maia tirò fuori dalla tasca dei pantaloni un biscotto, lanciandolo verso il tronco. Dopodiché si piegò sulle ginocchia, costringendo Giorgio a fare lo stesso.

Passò qualche secondo, in cui il silenzio usò strumenti invisibili della natura per far rullare i tamburi.

Come fosse il risultato di un trucco d'illusionismo e il tronco il cilindro di un mago, dal suo interno uscì fuori uno scoiattolo. Maia guardò Giorgio ed entrambi sorrisero, spostando nuovamente lo sguardo su quel buffo animaletto.

Quello, superata ogni diffidenza, era uscito completamente allo scoperto, afferrando l'invitante biscotto per poi ritornare con esso dentro la sua tana, non prima però d'essersi girato intorno forse per ringraziare il suo inaspettato benefattore.

Maia si rialzò in piedi e furtivamente si diresse verso il tronco, si sedette e sottovoce invitò Giorgio a fare altrettanto.

"Ma il nostro amico non si arrabbierà per questo?"

"Non ti preoccupare, adesso è troppo impegnato a mangiare il suo biscotto."

Seduti uno accanto all'altro, rimasero per qualche minuto senza parlare. Maia con un calcio fece volare un piccolo sasso oltre la radura.

"Pensi che lui potrà rimanere qui, se la tua agenzia immobiliare farà della tenuta un albergo?"

Aspettò un po' prima di risponderle. Avrebbe voluto farlo liberamente, ma sapeva che ciò non gli era possibile.

"Non lo so. Magari il boschetto lo lascerebbero così com'è. In fin dei conti è anche grazie a questa meraviglia che Bosco Bianco è bellissima."

Giorgio vide il viso di lei incupirsi e provò un'istintiva tenerezza per quella donna. Si sforzò perciò di consolarla, consapevole che più in là avrebbe potuto pentirsene.

"Il problema non si pone se tu decidi di tenere la tua parte."

Sapeva bene che non era vero. Conosceva il suo capo ed era sicuro che se non fosse riuscito a convincerla con le buone, avrebbe usato metodi meno amichevoli per avere l'altra metà della casa.

"Sai Samuele, ci pensavo mentre ero seduta nel gazebo. In effetti l'idea di gestire tutta la tenuta da sola un po' mi spaventa. Forse sarebbe meglio che anch'io vendessi."

Samuele, o meglio Giorgio, si rese conto che il suo avversario aveva spostato il pedone sbagliato, lasciando scoperta la regina, e che quello era il momento buono per fare scacco matto.

Per fortuna di entrambi madre natura mandò in aiuto della sua sovrana un alfiere inaspettato.

Il giovane scoiattolo, rosicchiato il suo biscotto, uscì coraggiosamente allo scoperto in cerca di altro cibo. Impavido si avvicinò alla mano della donna. Maia se ne accorse e con molta delicatezza lo prese in braccio, tirando fuori dalla sua tasca un altro pasticcino.

"E' incredibile! Ieri è rimasto rintanato fino a che non sono andata via."

Mentre il padrone del tronco consumava allegramente la sua preda, Giorgio osservò il volto di Maia: i suoi occhi ridenti, le fossette sulle guance che ne accompagnavano il dolce sorriso, ogni suo gesto, tutto di lei esprimeva bontà d'animo, buoni sentimenti.

Fu allora che Giorgio rischiò per la prima volta di tradirsi, forse volutamente, per cercare di mettere fine a quell'infamia.

"Potrebbe essere il protagonista di una favola!"

Si accorse quasi subito dell'ingenuità che aveva commesso e, quando lei lo fissò con aria dubbiosa, rimase come paralizzato nell'incertezza della sua reazione.

Fortunatamente per lui, Maia Antonini era troppo ingenua per sospettare che l'uomo sedutole accanto fosse un impostore.

"Sei un mago? O è il posto che ti dà poteri divinatori?"

Giorgio mentalmente tirò un sospiro di sollievo.

"Perché?"

"Beh, non ci crederai, non te l'avevo ancora detto, ma io sono una scrittrice di favole per bambini."

Cercò di fare la faccia più stupita che poteva per rimediare al grossolano errore che aveva commesso pochi istanti prima.

"Davvero? E' incredibile! Allora la tua casa non può essere che questa."

Ormai era in una totale confusione e qualsiasi cosa gli uscisse di bocca si trasformava in uno sbaglio a cui dover rimediare. Lo percepì dalle parole di Maia, che con un moto d'entusiasmo gli disse convinta "Hai perfettamente ragione! Come posso solo pensare di separarmi da questa casa? E' il destino che mi ha voluto qui!".

CAPITOLO VII

Sapevamo così poco l'uno dell'altro quando ci amavamo a Parigi.

(Casablanca)

Quella sera, per cena, decisero di mangiare della pizza: così, dopo che Giorgio ebbe telefonato alle sue figlie, andarono a Santa Maria per comprarne due extra large, tornando a casa per gustarle comodamente seduti in una delle tante verande.

Ne scelsero una al piano superiore che dava sulla scogliera. Vi portarono un tavolino circolare, che avevano trovato in uno studio contiguo alla cucina, e due sedie a dondolo sottratte al patio dietro al giardino.

Davanti ad uno spettacolo naturale d'inconsueta bellezza, come poteva essere un tramonto estivo che stendeva le sue tonalità di rosso su uno dei posti più romantici d'Italia, i due scordarono per un momento la fame e tutto il resto.

Furono totalmente rapiti, i loro occhi fissi, il pensiero libero, oltre quella palla di fuoco che spegneva i suoi ardori immergendosi fra le onde, quiete, d'un mare accondiscendente.

"E' stato incredibile, signor Milleri, non trovi?"

"Già, veramente incredibile."

Illuminati solo dalla debole luce di una lanterna, fissata alla parete della veranda, iniziarono a mangiare la pizza ormai fredda.

Seduti l'uno di fianco all'altra, erano divisi solo dal tavolinetto su cui avevano poggiato due bottiglie di Coca Cola ghiacciata.

"T'interessa ancora sapere perché mi sono separato da mia moglie?"

Maia con un tovagliolo di carta prese un altro pezzetto di pizza e lo pose sul piatto che teneva sulle ginocchia.

"Te l'ho già detto, non sei obbligato a dirmelo, se non vuoi."

Giorgio bevve un sorso di Coca Cola poi, continuando a tenere la bottiglia con entrambe le mani, si piegò in avanti. Guardando fisso per terra, dopo un respiro profondo, cominciò a parlare con un filo di voce...

"Io e mia moglie ci siamo conosciuti frequentando lo stesso corso all'Università La Sapienza di Roma. Dopo due anni di fidanzamento lei rimase incinta. Nel momento in cui mi disse che anche senza di me avrebbe ugualmente portato avanti la gravidanza come tante ragazze madri, io decisi di sposarla. Non so ancora se per onestà, per amore o per il mio maledetto sentimentalismo. La mia decisione fu confortata anche dal fatto che i miei genitori avrebbero sicuramente potuto aiutarmi."

Maia lo ascoltava in silenzio, muovendo ogni tanto la testa per annuire. In cuor suo però, si era già fatta un'opinione sulla causa del naufragio di quel matrimonio.

Giorgio, continuando a guardare fisso davanti a sé, ad un tratto tacque, bevve un altro sorso di Coca Cola, e riprese a parlare.

Il tono della sua voce si fece quasi impercettibile palesando tutta la sofferenza ed il disagio provocati da quei dolorosi ricordi.

"Fu un matrimonio bellissimo, ma molti sorrisi erano di circostanza. Nessuno della mia famiglia, infatti, era contento della mia scelta. In special modo mio padre e mia madre che, pur considerando la mia sposa una bravissima ragazza, erano convinti che tra noi due non avrebbe mai funzionato. Continuavano a ripetermi che mia moglie ed io non avevamo in comune nient'altro che il nascituro. Ne soffrii molto, ma non mi scoraggiai e, nella speranza di farli ricredere, iniziai la mia nuova vita di responsabile padre di famiglia."

Improvvisamente Maia si alzò dalla sedia, si avvicinò alla balaustra della veranda e, dando le spalle a Giorgio, vi si appoggiò con tutte e due le mani.

"E' stato duro rendersi conto che i tuoi avevano ragione, non è vero?"

Le sue parole si persero nell'aria soffocate dal rumore del mare che sbatteva contro la scogliera.

"Sì. Per me è stata una sconfitta umiliante."

Maia continuò a parlargli rimanendo di schiena. Lo fece per non metterlo in difficoltà, per dargli la possibilità di rispondere alle sue domande senza doverla guardare negli occhi.

"Quando hai capito che era finita? Chi o che cosa ti ha dato il coraggio di dire ok, ragazzi, avevate ragione voi: mi ero sbagliato?"

Giorgio si alzò a sua volta e si avvicinò a Maia; poggiandosi anche lui con le braccia sulla balaustra, si soffermò a fissare il cielo ormai completamente coperto di stelle.

Fu il suo sospiro a farle capire che stava per dirle qualcosa di molto importante. Voltò la testa verso di lui, scrutandolo per un breve istante. Non si era sbagliata. Il suo modo di parlare si fece quasi timoroso.

"La situazione precipitò quando nel mio ufficio arrivò lei, una donna non eccessivamente bella, ma con un non so che di speciale, un qualcosa che mi affascinò da subito. Bastarono pochi giorni per convincermi che mi ero perdutamente innamorato di lei."

Maia, per stemperare un po' la tensione, abbozzò un sorriso dandogli un colpetto solidale sulla spalla.

"E bravo, non avrei mai pensato che alla base del tuo divorzio ci fosse un'altra donna."

Giorgio ricambiò con una smorfia, ma ritornò subito serio e aggiunse:

"Sinceramente nemmeno io lo avrei mai immaginato. Fu un susseguirsi di emozioni, eventi, gesti, componenti reali o immaginarie che mi portarono a considerarla come la mia donna ideale. Con lei potevo parlare di tutto, ci accomunavano diversi interessi, eravamo estremamente compatibili. Cominciai a telefonarle fuori dall'orario di lavoro, a mandarle dei fiori a inventarmi i pretesti più assurdi per poterla vedere. Il problema fu che lei non fece niente per impedire che ciò accadesse!"

Batté con rabbia il palmo della mano sulla balaustra, con lo sguardo rivolto alle onde.

Maia gli mise una mano sulla spalla, come a volerlo rassicurare o confortare.

"Mi dispiace, dev'essere stato estremamente difficile per te. Credo di sapere com'è andata a finire: tua moglie un bel giorno ha scoperto che ci andavi a letto. Non è così?"

Giorgio la guardò con aria stupita, poi di colpo incominciò a ridere, una risata lunga, quasi incontrollabile.

"Scherzi? Io non l'ho sfiorata neanche con un dito, a malapena le ho dato un bacio sulla guancia per salutarla."

Questa volta fu Maia a mostrarsi stupita.

"Ma allora non ci capisco più niente, perché ti sei separato?"

"Perché una sera ho confessato a mia moglie di essermi innamorato di un'altra donna."

"Senza averci fatto niente?"

"Già."

Maia scosse la testa osservando la scogliera, poi riportò lo sguardo su di lui fissandolo con intensità.

"Sei sicuro di essere nato sulla terra? Penso che solo una creatura di un altro pianeta avrebbe confessato alla moglie un tradimento virtuale, fatto di telefonate e baci sulla guancia."

"Io il cuore ce lo metto sempre, e alcune volte lo finisco tutto. A me bastò per capire di non esserne più innamorato e di non poter più continuare a fingere di esserlo. Lei non lo meritava ed io sono sempre stato un uomo onesto."

Giorgio completò il discorso mentalmente: almeno prima d'incontrare te.

Maia, toccandosi il mento, lo scrutò con un volto perplesso.

"Non capisco, possibile che alla luce dei fatti non ci sia stata nessuna possibilità di recuperare il vostro rapporto?"

Giorgio trasse ancora un lungo sospiro girandosi verso di lei

"Ci ho provato. Raccontai a mia moglie quello che mi era accaduto, mi rispose che malgrado tutto non se la sentiva di rinunciare ad un uomo come me e di togliere alle nostre figlie la possibilità di avere accanto un papà meraviglioso. Mi chiese di restare con loro. Io accettai perché speravo davvero di riuscire, con il tempo, a ritrovare l'amore che nutrivo per lei, ma con il passare dei mesi mi resi conto che ciò era ormai impossibile. Il nostro legame si era irrimediabilmente spezzato. L'amore si era trasformato in mero affetto. Fu così che una sera con gli occhi velati dalle lacrime le dissi di non riuscire più ad andare avanti e che, per il bene di tutti, sarebbe stato meglio separarsi."

Ricordare quel triste periodo della sua vita gli procurava, ancora adesso, un fortissimo bruciore di stomaco, rimase in silenzio ad ascoltare il mare...

Maia approfittò di quel momento per avvicinarsi al tavolino e versare dell'altra Coca Cola nei due bicchieri vuoti, dopodiché tornò da lui porgendogliene uno.

"Non ti devi biasimare per quello che è successo, hai fatto la scelta più giusta... Per entrambi."

Giorgio prese il bicchiere dalla sua mano ringraziandola con un cenno della testa, poi prima di riprendere a parlare ne bevve un lungo sorso per lenire l'arsura della sua gola.

"Vedi, la paura di perdere le mie figlie, di farle soffrire era talmente tanta che... Ci volle parecchio tempo per convincermi di aver preso la decisione migliore. Una volta ho letto un libro in cui il protagonista pensava che quando si ama, si deve amare con ardore, senza riserve. Per lui non esistevano mezze misure: o si amava o non si amava. Temeva che l'amore eterno non esistesse, ma era certo che nel periodo di tempo in cui si è innamorati, l'intensità del sentimento deve rimanere costante. Lui non avrebbe mai detto 'ti amerò per sempre!', ma se dopo dieci anni sarebbe stato ancora innamorato, lo sarebbe stato come il primo giorno!"

La luce che emanavano gli occhi di Giorgio, mentre pronunciava quelle parole le tolse il respiro, provocandole un brivido lungo la schiena.

Improvvisamente Maia si ricordò di quei versi e, come se fosse entrata in trance, cominciò a declamarli, fissandolo incantata.

"Non sia mai ch'io metta impedimenti al matrimonio di due anime fedeli; amore non è amore se muta quando nell' altro scorge mutamenti o se tende a recedere quando l'altro si allontana. Oh, no! Esso è termine fisso che domina le tempeste e non vacilla mai; esso è la stella di ogni sperduta barca, il cui potere è ignoto, pur se ne misuriamo l'elevatezza. Amore non soggiace al Tempo, anche se labbra e rosee guance cadranno sotto la sua arcuata falce. Amore non muta in brevi ore e settimane, ma impavido resiste sino al giorno del Giudizio. Se questo è errore, e sarà contro me provato, allora io non ho mai scritto, e mai nessuno ha amato."

Giorgio, rimasto in silenzio in preda allo stupore, si riscosse per sussurrare d'impulso...
"Sei bellissima!"
Maia abbassò lo sguardo, intimidita da quel complimento inaspettato.
"Non sono io ad essere bellissima, ma questi versi. Shakespeare, sonetto centosedici."
Giorgio le fece un inchino muovendo la mano dal l'alto verso il basso.
"Ha amato mai il mio cuore? Negate, occhi: prima di questa notte non ho mai veduto la bellezza."

Maia gli sorrise, ricambiando il suo inchino.

"Però, niente male, niente male davvero. Saresti un Romeo perfetto."

"Ti ringrazio, ma adesso sarei curioso di sapere, se Giulietta è già promessa a qualcuno."

Giorgio sapeva già tutto sulla vita sentimentale di Maia, per averlo letto sul fascicolo datogli dal suo capo, ma adesso man mano che parlava con lei si era fatta strada l'incredulità.

Sì, per lui era difficile credere che un uomo potesse rinunciare ad una donna del genere solo perché non avrebbe potuto dargli dei figli.

Maia smise di sorridergli e il suo viso si fece estremamente serio.

"Anch'io sono separata, ma preferisco non parlarne adesso, per non esaurire tutti gli argomenti in una volta sola. Anche perché... Mi piace molto conversare con te."

Detto questo, lei posò il bicchiere sul tavolinetto e fece per uscire dalla veranda ma d'un tratto si arrestò sulla soglia.

"Sai, riguardo a quello che mi hai raccontato stasera, la penso esattamente come la tua ex moglie. Anch'io non avrei mai rinunciato ad uno come te. Buonanotte, signor Milleri, ci vediamo domani."

Dopo che Maia se ne fu andata, Giorgio si riadagiò sulla sedia a dondolo ed iniziò a muoversi lentamente al ritmo delle onde che continuavano ad infrangersi contro la scogliera.

Aveva sempre pensato che l'amore debba rendere felici. Tanti sono convinti o dicono di essere innamorati, forse dell'idea di volerlo essere, come capita a tante persone buone, a chi ha paura di restare da solo, o a chi non vuole gettare la spugna e sentirsi per l'ennesima volta sconfitto. Tenere duro...

...No...

...L'amore non è Rocky Balboa, l'amore è principalmente passione, desiderio, quando sei seduto di fianco a quella persona in mezzo ad altra gente e la pelle della tua gamba nuda tocca la sua e senti un brivido e vorresti che in quel momento sparissero tutti, o che lui o lei ti sussurrasse all'orecchio: "Inventa una scusa e andiamo da qualche parte a fare l'amore, ora, subito!" Perché l'urgenza di fondersi è troppa, il bisogno, la necessità di sentire quella persona, in tutti i sensi... Irresistibile. Lui credeva che se veniva a mancare questo, probabilmente era perché l'amore non c'è più, è diventato altro, che può anche bastare ad una certa età, per i figli, perché sarebbe troppo complicato ed in fin dei conti lei o lui è una brava persona come ce ne sono poche a questo mondo, ma che in realtà non dovrebbe bastare, perché chi si accontenta... Gode... Ogni tanto... E non sarà mai completamente felice.

Fu in quel momento che cominciò a sognare di risvegliarsi accanto a lei, magari in un altro posto, in un altro tempo, ed essere semplicemente sé stesso: Giorgio Betti. Magari a casa... Ma quale?

CAPITOLO VIII

Che cosa vuoi Vivian?
Voglio la favola.

(Pretty woman)

Maia, non riuscendo a dormire, si alzò dal letto, s'infilò la vestaglia e scese al piano di sotto. La casa era immersa nel silenzio e lo scricchiolio delle scale sotto i suoi passi, dava un non so che di sinistro alla sua figura, ed avvolta nella bianca vestaglia sembrava levitare sul pavimento come una presenza eterea. Arrivata in cucina accese la luce, prese dalla credenza la camomilla e, dopo aver messo il bollitore sul fuoco, si mise seduta aspettando che tutto fosse pronto. Sperava che la camomilla riuscisse finalmente a farle prendere sonno.

Stava sorseggiando quell'infuso bollente in piedi, appoggiata con la schiena alla credenza, quando le venne in mente di andare a berla nel soggiorno.

Spense la luce e, a piccoli passi, con in mano la tazza della camomilla, si avvicinò alla stanza e la sua attenzione fu colpita da un rumore.

Giorgio era lì, sdraiato sul divano, che dormiva tranquillamente con una coperta di pile che lo copriva appena. Le venne in mente Linus l'amico di Snoopy. Mentre pensava a tutto questo, il suo sguardo si posò su una vecchia poltrona che stava messa proprio accanto al divano. Maia entrò nella stanza e attenta a non fare il minimo rumore, si diresse verso di essa.

Si sedette davanti a lui e continuò a bere la sua camomilla. Scoprì, con sua grande meraviglia, che russava. Ma allora sei umano? Finalmente era riuscita a trovargli un difetto. Ebbene sì, Giorgio russava, ma purtroppo, invece di far scemare un pochino il suo fascino, quella scoperta aumentò la sua voglia di conoscerlo meglio. Si chiese come sarebbe stato essere la moglie di un uomo così. Aspettarlo la sera, stando in pensiero per un suo piccolo ritardo. Festeggiare gli anniversari, i compleanni, con la certezza che ogni notte, dopo aver fatto l'amore, avrebbe potuto stringerlo fra le sue braccia e addormentarsi appoggiando la testa sul suo petto... Sperando che non russasse troppo forte.

Maia chiuse gli occhi mentre immaginava tutto ciò.

La luce del mattino filtrando attraverso le fessure della finestra chiusa, lo svegliò. Giorgio aprì gli occhi e in un primo momento pensò di stare ancora dormendo, sognando che Maia fosse seduta davanti a lui. Si strofinò il viso con la mano, poi guardò di nuovo. Non era frutto della sua vita onirica, Maia era proprio addormentata sulla poltrona, in una posizione alquanto curiosa. Sorrise. Le sue braccia erano incrociate intorno alle gambe piegate e strette al petto.

Sedendosi sul divano, cercò di capire il motivo che l'aveva spinta ad addormentarsi in soggiorno. Si grattò la fronte con un'espressione perplessa, poi i suoi occhi si posarono su una tazza vuota lasciata sul pavimento vicino alla poltrona.

Dedusse che Maia, non riuscendo a prendere sonno, si fosse preparata una camomilla. L'unico dilemma che gli restava, però, era perché fosse venuta a berla proprio lì.

Giorgio si stiracchiò ed ebbe l'impressione che Maia sentisse freddo. Allora prese la sua coperta e le si avvicinò. Rimase a contemplarla, mettendosi in ginocchio di fronte a lei.

Si rialzò in piedi e, guardando verso il divano, si decise. Passò le braccia delicatamente sotto il suo corpo, la prese in braccio e facendo piano per non svegliarla, ve l'adagiò dolcemente. Prese la coperta, la mise sopra di lei e infine, prima di allontanarsi, gli venne spontaneo sfiorarle la fronte con un bacio.

Uscendo dalla stanza sentì Maia sussurrare alcune parole. Giorgio tornò indietro pensando che l'avesse chiamato, ma quando le fu vicino si accorse che stava parlando nel sonno...
"Non farlo Samuele, non lasciarmi..."
La frase rimase sospesa nell'aria. Lui le rimboccò la coperta, le accarezzò i capelli e uscì tristemente dalla stanza.

Era quasi l'ora di pranzo quando il fattorino arrivò a Bosco Bianco per consegnare al signor Milleri e alla signora Antonini una busta proveniente dalla segreteria della parrocchia di Santa Maria.
Al suo interno vi erano due biglietti d'invito per un'importante asta che avrebbe avuto inizio quel tardo pomeriggio e il cui ricavato sarebbe stato devoluto in beneficienza. Insieme ai biglietti vi era anche una breve lettera scritta di proprio pugno dal parroco. Lui si diceva lusingato di poterli avere entrambi a questo evento benefico, visto che era soprattutto grazie alla generosa e cospicua donazione della signora Chiara Pizzi che la parrocchia di Santa Maria si era potuta permettere di allestire una asta di tale importanza.
La missiva si chiudeva con espressioni di profonda commozione, nonché di grande riconoscenza, rivolte dalla comunità di Santa Maria a Chiara Pizzi, filantropica concittadina, e ai suoi rispettabili eredi.
Giorgio e Maia parcheggiarono la macchina proprio davanti alla Chiesa, guardando impressionati, attraverso il parabrezza, la monumentale scritta che campeggiava sopra l'entrata: 'Dio aspetta te'.
Una volta scesa dall'auto Maia prese Giorgio sottobraccio.
"A proposito, grazie per ieri notte."
"Figurati, è stato bello dormire con te in soggiorno, però la prossima volta... Non russare."
Maia gli diede una spinta con la spalla.
"Scemo..."
L'asta, come spiegava il biglietto d'invito, comprendeva varie opere degli esponenti più rappresentativi dell'arte contemporanea italiana.
Esse si sovrapponevano, come in un gioco di specchi, dalle sfumature di luce e colori sempre diversi.
Tutto ciò era messo ancora più in evidenza dalla collocazione dei quadri nelle varie sale. Un modo inconsueto d'esporre le opere, ma talmente ingegnoso da chiedersi come fosse possibile restare sospesi

tra tanti modi di dipingere così diversi, pur avvertendoli tutti al posto giusto nello stesso impercettibile momento.

Tutte le sale, infatti, erano divise da una linea invisibile, creata da un corridoio centrale che le attraversava, su ognuna delle due pareti laterali si fronteggiavano due dipinti: sulla destra i naturalisti, sulla sinistra gli astratti.

La cosa che rendeva eccezionale l'esposizione, però, era il gioco di luci che illuminava le opere, di certo idea geniale di un esperto d'effetti speciali cinematografici. Le sale erano tenute completamente al buio, a parte una guida fluorescente che solcava il pavimento per indicare il tragitto da seguire; faretti posti sopra i quadri s'accendevano in modo intermittente, illuminando per pochi secondi prima un lato e poi l'altro.

La sensazione che si provava era ai limiti dello sdoppiamento emotivo, alla soglia di una trasmigrazione dell'anima.

Ai fortunati visitatori veniva concessa la possibilità d'immergersi prima, nei silenzi surreali di paesaggi rapiti a tutte le ore del giorno e, subito dopo, di lasciarsi travolgere da linee nere e gialle intersecate a piani color amaranto, un turbine di capolavori che lasciava storditi ed appagati da un piacere ai limiti dell'amplesso fisico.

Nel momento in cui Padre Davide batté il martelletto, aggiudicando l'ultimo pezzo rimasto al sindaco di Santa Maria, Giorgio poggiò la sua mano su quella di Maia tra gli applausi scroscianti dei presenti.

Mezzora dopo la chiusura dell'asta, gli ospiti d'onore stavano sorseggiando un buonissimo caffè bollente seduti insieme a Padre Davide nella sagrestia della parrocchia. Ad un tratto, mentre poggiava sul tavolo la tazzina ormai vuota, l'attenzione di Giorgio fu attirata dalla targhetta dorata sulla cornice di un ritratto appeso alla parete dietro Padre Davide.

Il dipinto raffigurava lo scrittore Albert Grant, ritratto da un'artista locale nel periodo in cui l'autore aveva soggiornato a Santa Maria, ed era stato donato da Chiara Pizzi al parroco stesso con l'impegno di non separarsene mai.

Giorgio si alzò dalla sedia e si avvicinò al dipinto sotto lo sguardo incuriosito dei presenti.

"Le piace, signor Milleri? Purtroppo non l'ho potuto inserire nell'asta per espresso volere della sua povera zia che me ne ha fatto dono, sapendo quanto io stimassi questo scrittore."

Giorgio non rispose, come se le parole di Padre Davide lo lasciassero totalmente indifferente.

La dicitura impressa sulla targhetta dorata attaccata alla cornice 'Albert Grant 1932' gli rivelò che la sensazione avuta pochi istanti prima, era esatta.

Nonostante avesse la barba, i baffi ed i capelli brizzolati, dava l'impressione di essere più giovane dei suoi cinquantacinque anni.

Ma a colpire maggiormente Giorgio furono le fattezze del suo viso. La fronte alta sovrastava due occhi in cui brillava uno sguardo pieno di dolcezza, ma nello stesso tempo severo, che incuteva simpatia ed insieme rispetto.

La bocca, dalle labbra sottili, esprimeva sensibilità ed una grande determinazione. I lineamenti del viso sprigionavano dignità senza ostentazione, un alto rispetto per se stesso e per gli altri senza immodestia né alterigia. Un perfetto gentiluomo del suo tempo.

Maia, notando la profonda impressione che quel dipinto aveva suscitato in Giorgio, avvertì una viva curiosità di sapere chi fosse l'uomo ritratto.

"Padre, potrei sapere chi è quel signore da cui il mio coinquilino si sente tanto attratto?"

Scoppiarono a ridere, divertiti da quella battuta, tutti tranne Giorgio che, continuando a fissare il quadro, rispose alla domanda di Maia.

"Lo conoscerai sicuramente è un tuo collega… Albert Grant."

Padre Davide riprese la parola, rivolgendosi alla signorina Antonini.

"E' così, signorina, e le farà piacere sapere che Albert Grant fu ospite per un intero mese   proprio a Bosco Bianco, nel novembre del 1932."

Giorgio riprese posto accanto a Maia e, mettendole una mano sul braccio, ricambiò la battuta fatta da lei poco prima.

"Magari stai dormendo nel suo stesso letto. Spero per te che si siano ricordati di cambiare le lenzuola."

"Che spiritoso che sei. Comunque non possedevo questa informazione. E mi dica, Padre, per quale motivo Albert Grant si fermò a Bosco Bianco?"

Il fatto che Maia cominciasse a manifestare interesse per quella storia mise Giorgio in agitazione. Temeva infatti che, continuando a parlare di Albert Grant, Padre Davide avrebbe potuto tirare fuori, prima o poi, anche la storia del diario e questo, poteva creargli non pochi problemi.

Così iniziò a pensare a come far scivolare la conversazione su altri argomenti, ma non ne ebbe il tempo perché il parroco rispose alla domanda di Maia, impartendole una vera e propria lezione di storia. "Vede, signorina, Albert Grant venne invitato a partecipare come ospite d'onore al Premio Strega che quell'anno venne organizzato a Positano. Il presidente di giuria di quell'edizione del Premio Strega nonché sindaco di Napoli era uno dei vecchi proprietari di Bosco Bianco e invitò lo scrittore statunitense e altri ospiti a stare da lui durante i giorni della manifestazione. Albert Grant si trovò talmente bene presso quella magnifica tenuta che decise di prolungare il suo soggiorno in Italia, anche dopo l'assegnazione del premio."

Maia ascoltò la storia con grande attenzione, ammirata dal fatto che Bosco Bianco fosse riuscita a conquistare il cuore di uno dei massimi esponenti della letteratura mondiale.

"Una splendida casa per un meraviglioso scrittore!"

Giorgio in quel momento si ricordò che Samuele Milleri era un professore universitario.

"Non mi stupisce che Grant sia rimasto affascinato da Bosco Bianco. Se ricordate uno dei suoi romanzi più belli è ambientato in una tenuta molto simile a quella dove abitiamo io e Maia. Affacciata su uno dei lembi di costa più belli ed esclusivi di tutti gli Stati Uniti."

Maia sobbalzò dalla sedia.

"E' vero, ora ricordo, s'intitola Natale a Cape Cod. Una bellissima e drammatica storia d'amore tra un politico conservatore ed una cameriera di colore negli anni in cui la discriminazione razziale verso i neri la faceva da padrone in America. Se non ricordo male fu un libro che creò tanti problemi quanto successo al suo autore."

"Precisamente!"

Maia a quel punto si alzò in piedi facendogli un inchino.

"Complimenti, professor Milleri. Sono piacevolmente colpita dal suo sapere."

Giorgio, prendendola per un braccio, la costrinse a rimettersi seduta.

"Dai, siediti e smettila di fare la stupida. Pensavi forse che fossi ignorante come te?"

Padre Davide interruppe per un momento il loro scherzoso battibecco.

"Ma ditemi, signori, contate di fermarvi molto a Bosco Bianco?"

I due comproprietari si scrutarono per un breve istante.

Fu Giorgio a rispondere per primo; non vedendo l'ora di cambiare l'argomento della conversazione, approfittò di quella domanda per ribadire davanti a Maia quali fossero i suoi propositi riguardo a Bosco Bianco.

"Purtroppo io posso restare solo una settimana. Ho degli impegni urgenti da sbrigare. Inoltre ho già deciso di vendere la mia metà della casa ad una agenzia immobiliare di Roma."

Padre Davide spostò il suo sguardo su Maia, notando immediatamente l'espressione seria ed impensierita del suo volto.

"Anche lei, signorina Antonini, ha intenzione di vendere la sua parte?"

La ragazza aspettò un po' prima di rispondere, sentendo su di sé gli occhi scrutatori di Giorgio.

"Non lo so. Per ora conto di godermi la mia eredità almeno fino alla fine dell'estate e poi vedrò cosa fare. Comunque non credo di voler restare dentro quella casa senza il signor Milleri, penso che alla fine anch'io venderò la mia parte, magari alla stessa agenzia."

Pronunciò quell'ultima frase fissando Giorgio con un vago sorriso. Questi non riuscì a sostenere il suo sguardo, perché il senso di colpa si era fatto di nuovo insopportabile.

Il solito bruciore di stomaco iniziò a torturarlo.

Avrebbe dovuto essere contento di sentirla parlare in quel modo. Non era forse quello che voleva? Il suo incarico segreto si stava avviando verso la conclusione nella maniera da lui auspicata, eppure non riusciva ad esserne soddisfatto.

Al contrario, il pensiero di dover comunicare al suo capo quella buona notizia gli fece serrare per un istante le mascelle in un moto di rabbia.

Padre Davide si rese conto che l'atmosfera si era fatta pesante, così nel tentativo di rasserenare i suoi ospiti prese dal taschino interno della sua giacca il portafoglio, tirandone fuori un biglietto da visita.

"Una visita a Santa Maria non sarebbe completa senza un'escursione all'Isola di Circe, si trova non molto lontana dalla costa. Di solito per arrivarci si prende un battello che parte dal porto, ma io vi consiglio di andare da questo mio amico. E' un anziano pescatore che affitta piccole barche a motore, comode e facili da pilotare."

Porse il biglietto a Giorgio continuando a parlare.

"In questo modo potrete arrivare fin dietro l'isola ed ormeggiare in una piccola baia dove i turisti non possono arrivare. Lì vi attende una spiaggia bellissima, in cui potrete rilassarvi e prendere un po' di sole."

Maia rimasta in silenzio fino a quel momento, sfilò il bigliettino dalla mano di Giorgio.

"Grazie, Padre; è una splendida idea. Tu che ne pensi, signor Milleri?"

Le sorrise. Trovava adorabile quel suo modo canzonatorio di chiedergli le cose.

"Sì, perché no, male che vada ci perderemo in mezzo al mare, diventando il pranzo di qualche squalo affamato nei paraggi."

"Non aver paura, prof! Al volante di una barca mi sento come a casa mia."

Giorgio la fissò con espressione terrorizzata.

"Un timone. Vuoi dire un timone, non è vero?"

Maia, con aria interrogativa, fece spallucce, rivolgendosi al reverendo.

"Che cos'è un timone?"

Solo allora Giorgio si rese conto che si stava burlando di lui e fingendosi esasperato si prese la testa fra le mani, cercando il conforto del sacerdote.

"Capisce ora con chi ho a che fare?"

"Signor Milleri, non si preoccupi, sono convinto che la vostra gita andrà benissimo. In caso contrario chiamerete la capitaneria di porto che vi verrà a recuperare senza alcun problema. Ma sono sicuro che non ce ne sarà bisogno, la barca che vi affitterà il mio amico può essere guidata anche da un bambino."

Erano appena usciti dalla Chiesa, dirigendosi verso il parcheggio, quando Giorgio si fermò di colpo.

"Aspetta, Maia. Ti dispiace se faccio una scappata all'oratorio? Passando ho visto che c'era una pesca per bambini e volevo prendere un regalino per le mie ragazze."

"Fai pure, io intanto ti aspetto in macchina."

Padre Davide stava sistemando dei fogli sparsi disordinatamente sulla sua scrivania quando sentì bussare alla porta.

Giorgio fece il suo ingresso nella stanza scusandosi per quella nuova intrusione.

"Mi perdoni, Padre, ma credo di aver lasciato qui le chiavi della mia auto."

Si avvicinò alla scrivania fingendo di cercare in giro, sotto lo sguardo perplesso del sacerdote, che si alzò per aiutare il suo ospite.

"Non credo, signor Milleri, che le abbia lasciate in questa stanza. Ha provato a controllare in tutte le tasche?"

Giorgio, dando ad intendere di accettare quel consiglio, iniziò a frugarsi addosso. Improvvisamente, imprecando ad alta voce, con un movimento studiatamente faticoso, tirò fuori da una tasca dei pantaloni un piccolo mazzo di chiavi.

"Sono proprio uno sciocco. La prego, perdoni la mia sbadataggine e mi scusi per averla disturbata inutilmente."

"Si figuri, l'importante è che abbia ritrovato ciò che cercava."

Giorgio, dopo aver salutato il parroco con una calorosa stretta di mano, fece per uscire dalla stanza ma, mentre stava per chiudere la porta, si fermò.

"Ah! Quasi me ne dimenticavo. La mia coinquilina mi ha chiesto di domandarle se sapeva qualcosa riguardo ad un certo diario segreto dello scrittore Albert Grant, che pare sia nascosto a Bosco Bianco"

Padre Davide abbozzò un sorriso voltandosi verso il ritratto appeso alla parete.

"Dica alla signorina Antonini che non c'è nessun diario. E' una vecchia storia inventata da un mitomane. Si figuri che un suo lontano parente, alla fine della seconda guerra mondiale, per questa fandonia mise a soqquadro l'intera tenuta cercandolo dappertutto. Alla fine rimase con un pugno di mosche in mano e con la casa devastata."

Giorgio ascoltò quelle parole senza lasciar trasparire alcuna emozione e, ricambiando il sorriso del sacerdote, si congedò.

"Lo immaginavo, bene riferirò. Allora di nuovo arrivederci." Appena Giorgio se ne fu andato, il parroco si alzò dalla sedia posizionandosi davanti alla finestra, da dove poté osservare il falso Samuele Milleri dirigersi a passo svelto verso il parcheggio.

Fu allora che toccandosi il mento, dubbioso, pensò a voce alta.

"Come può una donna che ignorava il fatto che Albert Grant avesse soggiornato a Bosco Bianco interessarsi al suo diario segreto? Mah!"

Maia, seduta in macchina, stava pensando a cosa sarebbe successo alla fine di quella settimana e che ne sarebbe stato di Bosco Bianco, se anche lei avesse venduto la sua parte. Assorta in quei pensieri, trasalì quando Giorgio aprì lo sportello di scatto.

"Ehi! Vuoi farmi venire un infarto?"

Mentre lo rimproverava, si accorse che non aveva acquistato niente.

"Dove sono i regali per le tue figlie?"

Giorgio, simulando disappunto ed insieme rammarico, si allacciò la cintura di sicurezza.

"Lasciamo perdere, non sono riuscito a trovare niente che potesse andare bene. Dai, ora metti in moto e torniamo a casa."

Maia gli fece il saluto militare, levò il freno a mano e spinse l'acceleratore partendo a tutto gas.

"Ai suoi ordini!"

Giorgio guardò fuori dal finestrino non riuscendo a sorridere per quella battuta.

Maia era sorprendente. Più la osservava, più Giorgio ne era pienamente convinto. Quando sorrideva i suoi bellissimi occhi verdi s'illuminavano, il suo modo di portare i capelli era così ordinato, il suo proporsi alle persone era così timido, ma allo stesso tempo consapevole delle proprie qualità, tanto da sembrare una delle protagoniste di quei libri dell'Ottocento che avevano fatto innamorare milioni di lettori.

Dal primo momento che l'aveva vista ne era rimasto inconsapevolmente affascinato. La sua mente nelle ultime ore era perennemente monopolizzata da quel pensiero. Cercava una scusa, un artificio per provare, con fatica, a nascondere la verità. Il suo cuore, arrampicandosi sugli specchi, per la prima volta stava mentendo a se stesso. Forse aveva solo paura di accettare il fatto che dopo tanto tempo, si sentisse felice. Tutto ciò era dovuto alla donna seduta al suo fianco.

In quello stesso momento Maia si stava chiedendo se avesse finalmente conosciuto l'uomo che aspettava da tempo. Inorridì. Stava parlando di una persona che aveva appena conosciuto. No. Doveva esserci per forza una spiegazione logica a quello che stava provando. Forse era solo una semplice infatuazione. Un'attrazione fisica e nulla più.

Sì. Doveva essere sicuramente così. In fin dei conti, Samuele era un bell'uomo dalle infinite qualità, qualsiasi donna si sarebbe sentita attratta da lui. Era inevitabile. Un colpo di fulmine? Ma figuriamoci.

Ci era già passata con il suo ex marito e sapeva come era andata a finire.

Le sembrava tutto così surreale. Ovviamente, nei giorni a venire avrebbe dovuto continuare a comportarsi con lui come se niente fosse. Anche perché non poteva immaginare quale sarebbe stata la sua reazione se avesse saputo che lei era attratta da lui.

Doveva rimanere distaccata. Ecco cosa avrebbe dovuto fare, non c'era altro modo. Sforzarsi di diventare per Samuele una semplice amica.

Dopo il divorzio si era ripromessa di dedicare la sua vita al solo scopo di non permettere mai a qualcuno di farla soffrire di nuovo e quel qualcuno... non doveva essere lei.

Un velo di tristezza le inumidì gli occhi. Una lacrima rimase impigliata fra le ciglia. Fortunatamente.

Giorgio non si accorse di nulla e perso nei suoi pensieri, continuava a guardare il paesaggio che sfilava davanti a lui a tutta velocità attraverso il vetro del finestrino. Immaginò il suo cuore correre dietro a quelle cose che lo sguardo stava sfiorando distrattamente, mentre in realtà non correva dietro a nulla, cercava solo di fuggire. Ma da cosa? Dalle sue paure? Da lui? Era perfido. Come se il destino avesse delle unghie lunghe e affilate e stesse graffiando su una lavagna pulita. Il sibilo era assordante, fastidioso, insopportabile. I suoi sentimenti provavano a scrivere su quello spazio vuoto per far sì che il sibilo finisse.

Questo però lasciò il posto solo ai suoi sospiri inespressi, nascosti anche loro, perché un sospiro passa sempre attraverso ad un cuore vuoto e quando esce da una bocca socchiusa se ne accorgono tutti.

Per un istante i loro pensieri finirono dentro lo stesso fumetto...
"Stanotte vorrei sognare di baciare le sue labbra, stringermi al suo corpo dopo aver fatto l'amore e sussurrare nell'oscurità di una luce fioca, le parole magiche: Ti amo. Così. Giusto per vedere com'è".

CAPITOLO IX

Sono anche una semplice ragazza,
che sta di fronte a un ragazzo e gli sta chiedendo di amarla.

(Notting Hill)

Giorgio l'aspettava seduto sui gradini della veranda e quando la sentì aprire la porta d'ingresso si alzò per andarle incontro.

"Pensavo che mi avresti dato buca."

"A dire la verità ci avevo pensato, poi mi sono detta: per una gita in barca vale la pena sopportare la sua compagnia."

"Ti ringrazio. Sono contento che la tua stima nei miei confronti stia aumentando ogni giorno di più."

Maia sorrise e, salita in macchina, approfittò che Giorgio fosse appoggiato allo sportello aperto per azionare i tergicristalli schizzandolo con l'acqua che serviva per pulire il vetro.

"Guarda non ti conviene. Sono stato Mr. Maglietta bagnata per due anni di seguito."

Maia riazionò i tergicristalli schizzandolo nuovamente.

"Lo so, è per questo che lo faccio."

"Ok signorina Antonini, allora si va. Lascia guidare me oggi?"

Maia si spostò, lasciandogli il posto di guida.

"Prego, le dispiace se mi metto dietro?"

"Non credo le convenga... Signora. Mi sono scordato di rifornire il frigobar della macchina."

"Che peccato, una vera disdetta, avevo proprio voglia di una coppa di champagne. Mi raccomando, che non ricapiti più... Autista."

Maia disse tutto con una buffa espressione di rimprovero. Giorgio la fissò in silenzio per qualche secondo, poi sfoderò un sorriso accennato, uno di quelli stile Edward Cullen di Twilight.

"Quando fai così sei bellissima."

Lei lo guardò seria e nella sua mente apparve una scritta: 'E fu così che l'agnello s'innamorò del leone'.

Un gabbiano, garrendo, passò sopra le loro teste e si diresse verso l'orizzonte planando a tutta velocità sul pelo dell'acqua resa lucente dal sole.

Giorgio si alzò mettendosi una mano sulla fronte, scrutò il mare, poi mollò la cima e accese il motore. La piccola barca di colore blu si allontanò dal pontile prendendo velocità. Seduta a prua, Maia lo osservava con ammirazione.

"Complimenti, sembri davvero un vecchio lupo di mare. Ma stai attento quando viri o potresti rischiare di perdere il tuo passeggero in mare."

Continuando a mantenere la rotta, Giorgio fece finta di non averla sentita. Poi per un attimo spostò lo sguardo su di lei.

"L'acqua a quest'ora del mattino è molto calda e un bagno ti farebbe sicuramente bene."

Finì la frase con una linguaccia e scoppiò a ridere. Maia si alzò dal suo posto e si avvicinò a lui. Una leggera brezza le accarezzò il viso e lei assaporò quel momento tenendo gli occhi chiusi. Aprì un occhio, sbirciando il suo capitano, trovandolo estremamente affascinante.

Giorgio sembrò guardarsi intorno in cerca di altre barche. La riva era ormai lontana. Manovrando il motore con tranquillità, si sentiva a proprio agio in mezzo al mare, dando l'impressione di sapere benissimo cosa stesse facendo.

Alcuni gabbiani volarono vicini e Maia li osservò rapita, per un attimo ebbe l'impressione che anche la barca avesse delle ali spiegate e, seguendo il loro esempio, volasse veloce in mezzo alle onde.

Il sole era ormai alto e con i suoi raggi illuminava ogni cosa. Maia sorrise a Giorgio reclinando la testa all'indietro. Si aggrappò con entrambe le braccia al parapetto, gli schizzi dell'acqua sciabordando contro lo scafo le arrivavano sul viso, era ancora con gli occhi chiusi quando si sentì accarezzare una mano. Tirò su la testa riaprendo le palpebre e trovò Giorgio proteso su di lei.

"Mi serve il tuo aiuto marinaio, prendi il motore e tienilo fermo."

Maia si alzò e, con la mano, fece quello che le aveva chiesto.

"Non aver paura, se tieni dritto il motore la barca seguirà la rotta senza problemi".

Maia non sembrò molto convinta da quella spiegazione. Giorgio per prendersi gioco di lei aprì un vano a poppa, tirò fuori il giubbetto salvagente, un razzo di segnalazione e glieli offrì entrambi.

"Tieni, con questi ti sentirai più sicura".

Terrorizzata Maia stava per afferrare il kit di salvataggio, convinta che quel suo gesto premuroso fosse dettato da buone intenzioni, ma si bloccò davanti al sorrisetto ironico di Giorgio e solo allora si accorse di essere caduta in una trappola, così con un pugno lo colpì su una spalla.

"Lo sai? Non ti facevo così spiritoso, hai mai pensato di darti al cabaret? Brutto, piccolo, bastardo lupo di mare".

Con le lacrime agli occhi per il troppo ridere, Giorgio rimise il giubbetto e il razzo al loro posto e andò sedersi di lato alla barca in modo da poterla guardare in faccia. Maia fingendosi arrabbiata, si sistemò i capelli dietro il collo e si voltò a fissare il mare in silenzio.

"Dai, stavo scherzando, non ti sarai mica offesa?"

Maia girò lentamente la testa rimanendo per un attimo impassibile, ma non passò neanche un secondo che il suo volto si trasfigurò in una smorfia assurda.

Giorgio le fece l'occhietto per poi tornare a guardare il mare con aria soddisfatta.

"Sembra uno specchio, non trovi? Un enorme specchio su cui il sole si riflette".

Lei annuì, ma più che il mare continuò ad ammirare Giorgio. Il suo viso dalle linee dolci e il suo corpo dalle forme perfette lo rendevano attraente, ma non era il suo aspetto fisico a farne un uomo capace di farti perdere la testa. Era il suo modo di fare a renderlo irresistibile. A volte dava l'impressione di essere molto sicuro di sé, di sapere ciò che veramente voleva dalla vita, mostrando una forza e una determinazione assolute. Eppure, come l'autunno che si sostituisce all'estate, a volte il suo coraggio s'ingialliva, tutto in lui diveniva più tenue e il suo viso sembrava sferzato da un vento gelido che faceva cadere ogni sua certezza rendendo il suo atteggiamento spoglio e uggioso, quasi inerme di fronte alle intemperie della vita. Era il segreto della sua bellezza: senza questo suo carattere, le sue doti fisiche non valevano nulla. Perché era proprio in quei momenti che ti veniva

71

voglia di stringerlo a te sotto una coperta di morbido pile per impedire alla sua intirizzita fragilità di ghiacciare quel suo cuore immenso, o d'incrinare con le paure quella sua semplicità capace di renderlo un pensiero fisso. Sentendosi osservato Giorgio si voltò.

"Va tutto bene?"

Sorridendo Maia si portò una ciocca di capelli dietro un orecchio.

"No, niente, stavo pensando che in questo momento vorrei essere su una barca, sperduta in mezzo al mare, insieme a te".

Scesero dalla barca a pochi metri dalla riva, spingendola fino al bagnasciuga.

Con una cima legata ad un albero ne assicurarono l'immobilità, dopodiché iniziarono a guardarsi intorno con i piedi immersi nel mare.

L'acqua gelida diede loro un po' di refrigerio, contrastando quel caldo umido che li aveva accompagnati fin dalla loro partenza dal molo di Santa Maria.

Era stato facile trovare l'amico di Padre Davide, l'uomo infatti era molto famoso fra i pescatori del porto dai quali veniva considerato una specie di leggenda vivente.

Aveva combattuto contro i tedeschi alla fine della seconda guerra mondiale ed era stato uno dei pochi sopravvissuti alla terribile rappresaglia dei nazisti sull'isola greca di Cefalonia.

Alla veneranda età di novantacinque anni continuava a lavorare senza sosta ed era un punto di riferimento indispensabile per tutte le persone che abitualmente frequentavano il porto di Santa Maria.

Quando Giorgio e Maia gli si presentarono davanti, vestiti come se dovessero andare in ufficio, il signor Tommaso Del Vecchio scoppiò in una sonora risata. Prendendoli entrambi sottobraccio li accompagnò al negozio di sua figlia, che si trovava dall'altra parte del molo, affinché potessero rifornirsi di tutto il necessario per affrontare nel modo migliore quella gita in barca. Fu così che i due turisti per caso si ritrovarono costretti a spendere una cifra considerevole in articoli balneari.

Maia optò per un bikini turchese che metteva in risalto il suo splendido corpo, un paio di sandali di gomma ed un telo da mare con l'effigie d'un enorme Snoopy. Completò il tutto con un bellissimo pareo multicolore che le dava l'aspetto di una dolce principessa hawaiana.

Giorgio, invece, scelse un più sobrio costume nero a cui abbinò un pantaloncino di jeans ed una camicia di lino nera.

Il rude pescatore, dopo averli aiutati a salire sulla barca, consegnò loro due salvagente ed una cassetta di pronto soccorso, nonché il numero telefonico della capitaneria di porto, utile in caso d'emergenza, costringendo Giorgio a controllare la funzionalità del suo cellulare prima di partire.

Il viaggio si rivelò più semplice del previsto. La grande facilità di guida della barca e la posizione dell'isola, già visibile davanti a loro fin dalla partenza, fece sì che tutto andasse nel migliore dei modi.

L'atollo era lungo pochi chilometri ed anche la sua larghezza non dava l'impressione di essere molto più grande.

Quasi tutto l'interno era occupato da una fittissima vegetazione. Circumnavigarono l'isolotto alla ricerca della baia di cui aveva parlato Padre Davide.

Ad un tratto apparve davanti ai loro occhi una piccola insenatura. All'interno di essa si celava un paesaggio incredibilmente suggestivo, che ricordava molto i quadri polinesiani di Gauguin.

Alcuni alberi erano disposti uno di fianco all'altro, fronteggiando il mare dalla riva, quasi fossero delle sentinelle pronte a dare l'allarme in caso di pericolo.

La sabbia finissima, indorata dai raggi del sole, confondeva la vista con la sua bruciante lucentezza.

L'isola faceva di quel lembo di spiaggia, rubato al paradiso delle sirene, il suo gioiello nascosto.

Quel luogo piratesco, quasi fuori dal mondo, apparso all'improvviso alla loro vista, sembrava essere stato creato dalla natura per dare rifugio a due naufraghi innamorati, dispersi nelle rotte impetuose del cuore.

E chi, più di Giorgio e Maia, meritava d'essere salvato?

Sdraiati l'uno accanto all'altra sui loro teli da bagno si godevano il caldo tepore di una meravigliosa giornata estiva.

Intorno a loro il silenzio più assoluto. Le palpebre chiuse, il respiro quasi impercettibile. Alcune gocce d'acqua, sospinte da una leggera brezza marina, planarono, al limite dell'evaporazione, sui loro corpi roventi, donando loro un estemporaneo refrigerio.

Maia si tirò su, puntando le mani sulla sabbia. Alzò la testa verso il sole inspirando profondamente l'aria salmastra che, penetrandole nei polmoni, la inebriò con il profumo del mare.

Trattenne per un breve istante l'ossigeno inalato, poi l'espirò quasi in un sospiro. Guardò Giorgio sdraiato al suo fianco: il suo fisico perfetto, ogni muscolo del suo corpo, la sua pelle imperlata dal caldo e sorrise a causa d'un suo malizioso pensiero.

Giorgio, sentendosi osservato, aprì gli occhi.

"Che c'è? Qualcosa non va?"

Maia si affrettò a riportare lo sguardo verso il mare.

"Vuoi sapere perché mi sono separata?"

Giorgio si mise seduto cingendosi le gambe con le braccia.

"Non sei obbligata a dirmelo, se non vuoi."

Maia iniziò a giocherellare con la sabbia, disegnandovi ghirigori con le dita.

"Pensavo che mi amasse a prescindere da qualsiasi cosa. Mi sbagliavo."

Giorgio fu costretto ad abbassare il volto per la vergogna. Sapeva già tutto di quella separazione ed era consapevole che ascoltare quell'intima confessione, voleva dire tradire la fiducia che Maia riponeva in lui o meglio in Samuele Milleri. Tutto ciò probabilmente gli stava spalancando le porte dell'inferno…

"Vedi, io e Franco eravamo veramente una coppia perfetta, lui dirigente in carriera della Rai, io giornalista d'assalto per la stessa emittente televisiva. Belli, ricchi, famosi, ma soprattutto innamorati. Quando ci fidanzammo, tutti erano convinti che in breve tempo saremmo convolati a nozze ed infatti non passò nemmeno un anno che ci unimmo in matrimonio. La cerimonia nuziale, la luna di miele, tutto fu meraviglioso ed il primo anno passò come dici tu: come fosse sempre il primo giorno ".

Giorgio ascoltava quel racconto in un religioso silenzio, ma in cuor suo, se avesse potuto, si sarebbe coperto le orecchie con le mani.

Le parole di Maia e la sua voce malinconica erano per lui una vera tortura, tanto insopportabile da far crescere dentro sé il desiderio di mettere fine a quello stillicidio urlandole: 'Basta! Ti prego, smettila di farmi sentire un verme!'.

Non lo fece per un motivo semplice: aveva capito il suo tremendo bisogno di parlarne con qualcuno.

Così continuò ad ascoltarla fissando le onde del mare che venivano a morire sulla riva, non molto distante da loro.

Maia, dopo una breve pausa, riprese a parlare, mentre con le mani iniziò a coprire le sue gambe con la sabbia.

"Franco, fin da quando ci mettemmo insieme, non faceva altro che ripetermi quanto desiderasse diventare padre. Voleva un figlio, anzi ne voleva più di uno, sognava una famiglia numerosa."

Gli occhi di Maia iniziarono a velarsi di lacrime, tirò su con il naso, abbassando la testa.

"Accadde durante il secondo anno di matrimonio. Era la vigilia di Natale e ci trovavamo a casa dei miei suoceri. Era da poco passata la mezzanotte quando iniziai a sentire dei fortissimi dolori al basso ventre. Non ricordo molto di quello che successe dopo. So solo che mi risvegliai in una stanza d'ospedale. Una grave infezione era degenerata al punto da causare una emorragia interna. Fui operata d'urgenza, e mi vennero asportate entrambe le ovaie."

Voltò il suo bel viso verso di lui ed una lacrima ribelle le scese rigandole la guancia. Giorgio, allora, con un dito, delicatamente gliela tolse via.

Maia gli prese la mano tenendosela per un istante ferma sulla guancia.

"Quel giorno il destino mi tolse la possibilità di avere dei figli, ma soprattutto di darne all'uomo che amavo..."

"Mi dispiace, devi aver sofferto tanto, penso che per una donna non ci sia cosa peggiore."

Maia gli sorrise, poi raccolse una conchiglia e la lanciò in acqua, seguendone con lo sguardo la parabola discendente.

"Ti sbagli, c'è una cosa peggiore: perdere tutto, senza avere la possibilità di fare niente per impedirlo. Fu un incubo infinito. Durante la convalescenza Franco fu dolcissimo, pieno d'attenzioni, di comprensione, mi riempiva ogni giorno la casa di fiori coloratissimi, ma appena mi fui ristabilita e tornai al lavoro il suo comportamento cambiò radicalmente. Divenne schivo, sempre nervoso, cercava qualsiasi pretesto per discutere con me, fino al giorno in cui mi disse che voleva il divorzio. Gli chiesi il motivo di quella sua decisione, mi rispose che non c'era una ragione ben precisa, ma che oramai un insieme di cose rendevano il nostro matrimonio un lento sopportarsi a vicenda. Non fu difficile per me intuire il vero motivo per cui voleva divorziare: il fatto di non potergli dare un erede era per lui inaccettabile. Non tentai nemmeno di provare a fargli cambiare idea. Di colpo l'uomo che avevo sempre amato si era trasformato in un essere spregevole con cui non volevo avere più niente a che fare.

Non volli nemmeno gli alimenti, firmai le carte della separazione il prima possibile, lasciai il lavoro e mi trasferii in un'altra città, il più lontano possibile da lui. Venni assunta da un giornale che mi affidò una rubrica dedicata ai bambini. Per divertimento cominciai a scrivere favole, con cui chiudevo la mia sezione di giornale, ed un editore, dopo averne letta qualcuna, decise di pubblicarle. Fu un successo clamoroso, ed ora eccomi qua. Come vedi non sono poi messa così male."

"Non l'ho mai pensato Maia."

"Qualche volta non resta che arrendersi, chiudere gli occhi e mettere il cuore in automatico, giusto per sopravvivere. Perché prima o poi, magari, arriverà qualcuno a dimostrarti che hai ancora tante cose belle da vivere."

"Il bello è capire qual è il grande amore della tua vita."

"Sai qual è il vero problema? Che il grande amore della tua vita si prende e ti da tutta la tua felicità e quando se ne va se la porta via con se, sia quella che ti ha dato che quella che si è presa e così tu, malgrado ogni tanto ti capiterà di ridere spensierato e sentirti leggero, nel profondo resterai una persona semplicemente triste che quando si esauriscono le risate e la leggerezza si rende conto che la felicità, quella vera, non la proverà più perché se la sono portata via per sempre. Una volta ho letto in un libro che l'amore dovrebbe servire proprio a questo, a farti capire che la felicità di astratto non ha niente e che anzi la sua cosa più bella è proprio quando la stringi tra le tue braccia e puoi farlo ogni volta che ti va, uno di quegli abbracci che valgono una vita. Eppure adesso sono felice, quindi credo che il mio ex marito non fosse il grande amore della mia vita, credo che quello debba ancora arrivare."

Maia, senza aspettare la sua risposta, si alzò in piedi e corse verso il mare ridendo.

Giorgio la vide tuffarsi in acqua… Puff! Come una magia… E scomparire fra le onde. Così decise di seguirla. Quando lei tornò in superficie guardando verso la spiaggia si accorse che lui non c'era più.

Di colpo si sentì afferrare per una caviglia. Giorgio non le diede neanche il tempo di rendersi conto di cosa stesse succedendo, la portò sott'acqua e con un movimento rallentato l'abbracciò e la baciò sulla bocca. Di solito il primo incontro dell'amore con l'amicizia dura solo pochi lunghissimi secondi, in cui i corpi, per timore che il magnetismo si esaurisca, tendono a stringersi in un forte abbraccio, dando la possibilità alle labbra di assaporare, con tutta calma, la dolcezza di quel momento destinato probabilmente a cambiare il corso degli eventi. Forse per tutta la vita. Perché non è detto che il retrogusto del peccato sia sempre amaro.

Maia colta di sorpresa, sgranò gli occhi, ma poi li richiuse cercando di non mandare sprecato il poco ossigeno che le rimaneva nei polmoni. Anche perché a che serve guardare, non lo sai che le stelle stanno in cielo? Che l'erba d'estate è verde? Che l'acqua di un mare pulito, in due mani messe a coppa, è trasparente? Che tutti gli arcobaleni che ti sei perso nella vita avevano sempre sette colori? A che serve guardare, quando quello che stai cercando è un'anima? Quando ce l'hai davanti non ti servono gli occhi per capire che è quella giusta... Ti basta sentirla.

Immersi in un Mar Mediterraneo color zaffiro, con la luce del sole che filtrava attraverso lo specchio d'acqua illuminandoli appena, si strinsero scambiandosi il loro primo bacio. La passione, troppo a lungo sopita, ben presto prese il sopravvento impedendo ai due amanti di riuscire dall'acqua.

Giorgio, con un movimento sicuro e delicato al tempo stesso, le sfilò il costume facendo altrettanto con il suo. Continuò a baciarla sempre con maggiore foga ed i capezzoli di Maia, resi puntiti dall'eccitazione, impazzirono non appena lui cominciò a solleticarli con le sue labbra. Il tutto avvenne molto velocemente, ma il tempo sembrò fermarsi mentre i loro corpi incominciarono a muoversi all'unisono.

La prese con dolcezza tra le onde spumose che sbattevano sui loro fianchi. Arrivarono insieme urlando di piacere, approfittando dell'assoluto silenzio che regnava tutt'intorno. Rimasero in acqua a lungo, stretti dopo il marino amplesso, aspettando che il respiro affannoso tornasse regolare.

Maia poggiò la testa sulla spalla di Giorgio dopodiché gli morse il collo assaggiando il suo corpo dal sapore salato.

Il giorno stava per finire mentre loro, seduti nella barca, assistevano ancora una volta ad uno di quei tramonti che non si possono dimenticare.

Erano a metà della navigazione e ciò significava che in meno di un'ora sarebbero arrivati al porto di Santa Maria. Maia aveva iniziato a sentire freddo e Giorgio, da vero galantuomo l'aveva convinta ad indossare la sua camicia.

La ragazza, seduta vicino alla prua, osservava il mare diventare rossiccio a causa dei raggi del sole che stancamente se ne andava.

Avvolta in quell'enorme camicia nera si teneva con una mano i capelli che, a causa della velocità, le finivano continuamente davanti agli occhi.

Giorgio la osservava in silenzio mentre con destrezza governava il timone seguendo la rotta. Davanti a loro, sebbene lontanissime, si potevano già scorgere le luci del porto. Nessuno dei due aveva osato fare commenti su quanto era successo alla baia.

Dopo aver fatto l'amore, entrambi avevano preferito restare in silenzio, coccolandosi a vicenda seduti sulla riva.

All'improvviso Giorgio spense il motore. La barca continuò ad oscillare cullata dalle onde. Maia girò la testa di scatto fissandolo con preoccupazione.

"Che succede?"

Lui si avvicinò sedendole accanto.

"Sai, le mie labbra, quando sei lontana, usano il pensiero per poggiarsi delicatamente sulle tue... Ma a volte, proprio non mi basta pensarlo."

Sorridendo iniziò a slacciarle i bottoni della camicia. Maia gli accarezzò la testa baciandolo sulla fronte.

"Ma che fai, sei impazzito? Se arriva la guardia costiera ci potrebbe arrestare per atti osceni in mare pubblico."

Giorgio sembrò non dare peso alle sue parole e, slacciatole anche l'ultimo bottone, le tolse quell'indumento divenuto d'un tratto superfluo. Piegandolo con cura, andò a posarlo in mezzo alla barca a mo' di cuscino. Le prese la mano invitandola a seguirlo e la guardò in un modo che non lasciava alcun dubbio su quali fossero le sue intenzioni.

Con un sussurro la convinse a sdraiarsi.

"Ho ancora voglia di te e non si può sprecare un simile tramonto, non credi?"

Maia allungò le braccia verso di lui, attirandolo a sé.

"Vieni..."

Giorgio si fermò lasciando che la razionalità, per un millesimo di secondo, gli desse la possibilità di rendersi conto di cosa volesse dire la frase essere fortunato in amore. Guardandola per un istante con gli occhi di un esploratore di terre sconosciute, scoprì che i fiori più belli sbocciano non visti, perché per raggiungerli bisogna scalare le montagne e attraversare i mari, senza paura di scendere dal furgoncino al semaforo sotto la pioggia. La fortuna premia gli audaci, l'amore i coraggiosi. Giorgio si sentì un cuore impavido, lasciando che la passione tornasse a governarlo e questa volta la fece sua con maggior ardore, strappandole un gemito di piacevole dolore. Era la fusione di due persone, un uomo ed una donna che si amano senza chiedere niente in cambio.

Due nomi gridati al calare del sole, la voglia di darsi piacere l'un l'altro, di provare qualcosa che si pensava non dovesse appartenergli più. Scoprire invece che niente può dirsi perso, finito, oramai irraggiungibile, finché c'è un movimento unico che ti permette di nuotare nel mare dell'estasi, fatto di due correnti che s'incontrano, che con la passione s'infrangono, miscelandosi insieme e creando quel binomio inscindibile che scrive due nomi per leggerne uno, sempre più grande, sempre più grande, sempre più grande... fino a diventare... orgasmo? No! Amore...

Attraccarono al molo sotto un cielo coperto di stelle legando la cima ad uno dei piloni posti ai lati del pontile.

Giorgio l'aiutò a scendere, Maia si appoggiò a lui ringraziandolo con un bacio e si diressero, mano nella mano, verso l'ufficio dell'anziano pescatore.

Entrambi cercavano di non pensare a niente, cercavano invano di oscurare quanto accaduto, ma per "Samuele Milleri" ciò risultò più difficile perché era consapevole che l'aver fatto l'amore con lei avrebbe reso tutto tremendamente pericoloso.

Di una cosa però era sicuro: non si commette nessuno sbaglio se ci si lascia andare sulla rotta del proprio cuore.

Di colpo, però, gli tornarono alla mente le parole del suo capo...
'Seducila, portatela a letto, se serve!'
Inorridì a quel pensiero ma fu solo per un attimo; appena Maia si voltò a guardarlo negli occhi, capì che tutto era avvenuto solo per un semplice motivo: si era innamorato di lei.

Mancavano solo due giorni alla fine della settimana e sapeva che poche erano le possibilità di proteggere Maia. In un modo o nell'altro avrebbe sofferto. Per colpa sua avrebbe sofferto moltissimo.

La tristezza gli trasfigurò il viso tanto che lei se ne accorse immediatamente.
"Qualcosa non va Samuele?"

Sentirsi chiamare con quel nome finì per deprimerlo ancora di più. Mentalmente maledisse quel Samuele Milleri per aver rinunciato ad una casa bellissima ed essersi precluso, così, la possibilità di conoscere una donna meravigliosa come quella che teneva per mano. Si rese conto poi, che senza quella rinuncia lui non avrebbe mai incontrato Maia o forse sì, se è vero che il destino allontana due anime gemelle all'arrivo sulla terra per poi, un bel giorno, riunirle.

Cercò di pensare ad altro, a qualcosa di bello che potesse spazzar via quel velo di tristezza dalla sua faccia.

"Devo telefonare alle mie figlie, tra un po' andranno a dormire ed io non le ho sentite per tutto il giorno."

"Ok, intanto io vado a consegnare al signor Tommaso la valigetta del pronto soccorso ed i salvagente."

Giorgio, tirandola per il braccio mentre lei gli lasciava la mano per andarsene, la baciò.

"Lo sai, mentre facevamo l'amore i tuoi occhi erano verdi, ma prestando attenzione alle sfumature, mi sono accorto che l'iride sembrava non avere un colore definito. Poi mi hai fissato e i miei occhi si sono specchiati nei tuoi e solo allora ho capito che il momento in cui i tuoi occhi mi piacciono di più è quando i miei si riflettono felici nei tuoi. Ti aspetto qui, fai presto."

Maia ricambiò il suo bacio, poi si diresse verso l'ufficio del vecchio pescatore voltandosi verso Giorgio ogni due passi, solo per sorridergli.

In quel momento l'agente immobiliare non poté far altro che aggrapparsi all'amore che sentiva per quella donna, pregando affinché con la sua forza l'aiutasse a superare il muro di quella menzogna. Alzò gli occhi al cielo e bisbigliò a sé stesso poche parole che volarono via col vento… lassù...

"Hai ancora due giorni, due giorni interi da passare con lei. Per ora questa è la sola cosa che puoi avere, e non è poco per uno come te, non è poco."

Con la macchina imboccarono la via centrale di Santa Maria passando davanti al Municipio.

Giorgio, dopo aver parlato con le sue figlie, aveva deciso di chiamare l'ufficio del signor Razzi, approfittando del fatto che lui a quell'ora non ci fosse e lasciare così un messaggio sulla sua segreteria: "Signor Razzi, buonasera sono Giorgio, volevo farle sapere che tutto procede bene e che quasi sicuramente lunedì mattina riceverà la visita della signorina Antonini. La prego di non telefonarmi nei prossimi due giorni, perché a questo punto anche un piccolissimo errore potrebbe pregiudicare la conclusione positiva dell'affare. Ora la devo salutare, ci sentiamo presto."

Maia, da quando erano partiti dal porto per tornare a casa, non aveva smesso un attimo di guardarlo ed ogni tanto metteva la sua mano sulla sua aiutandolo a cambiare le marce dell'auto. In quel momento pensò che sarebbe stato bello poter ricominciare sempre da lui, ogni qual volta le fosse capitata una cosa brutta.

Si sentiva felice, talmente tanto da esserne spaventata. Continuava a fissarlo e, con un pizzico di presunzione, si convinse di averlo meritato.

Già, forse il buon Dio dopo tante sofferenze si era ricordato di lei e le aveva voluto fare un regalo, nascondendolo dentro una casa dalle mille e una notte.

Si complimentò con Lui per aver scelto la cittadina di Santa Maria per il loro primo incontro, ma soprattutto per aver scelto un'isola del Mar Mediterraneo per battezzare il loro primo 'abbraccio'...

Arricciò il naso e ripensò a quando, poche ore prima, avevano fatto l'amore sdraiati nella barca cullati da onde complici e compiacenti.

Socchiuse le palpebre ed un brivido di piacere accompagnò quel suo impudico ricordo, facendole venire la pelle d'oca. Continuò ad osservarlo tutto preso nella guida e si divertì a pensare alle cose che non le piacevano di lui, ma, dopo essersi lambiccata il cervello per dieci noiosissimi secondi, decise di lasciar perdere. Spostò lo sguardo sulle sue gambe che, armoniosamente, si destreggiavano tra il pedale del freno e quello dell'acceleratore con un movimento molto sexy.

Rise di sé poi si coprì la faccia con la mano, vergognandosi per quei futili pensieri da liceale innamorata.

Improvvisamente la sua faccia tornò seria perché, sbirciandolo, aveva colto sul suo viso un chiaro segno d'insofferenza.

Ebbene sì, lo beccò mentre stava sbuffando. Fu allora che si rese conto che da quando erano partiti, Giorgio non aveva aperto bocca, chiudendosi in un ombroso mutismo. Incredibilmente si scoprì gelosa del suo passato ed iniziò ad affiorare in lei il terrore di diventare per quel fantastico uomo un'altra donna da dimenticare in fretta.

"Come si chiamava?"

Giorgio voltò per un istante la testa verso di lei. Con un sorriso d'attore consumato, finse di cadere dalle nuvole.

"Come si chiamava chi?"

"La donna di cui eri convinto d'esserti innamorato."

Cercò di rimanere impassibile, ma la sua prolungata silenziosità lasciò intuire che quella domanda l'aveva colto impreparato.

Continuando a tenere gli occhi fissi sulla strada le rispose sperando che le domande finissero lì.

"Il suo nome era...o meglio, a meno che non sia morta, è Viola."

"Ti capita ancora di pensare a lei, magari, non so, nelle giornate di pioggia o mentre la radio trasmette una canzone d'amore?"

Giorgio non contraccambiò l'ironia di quelle domande. Preferì continuare a risponderle in tono molto serio, al limite dell'infastidito.

"Per me fu e rimarrà per sempre solo un seme piantato in un terreno fertile. La persona che mi ha fatto capire di non essere più innamorato di mia moglie. Nulla di più."

Rimase zitto per un secondo, poi riprese il discorso, per ribadirle il suo pensiero cercando di chiudere così la conversazione.

"Nelle giornate di pioggia o quando mi capita di ascoltare una canzone d'amore penso solo ed esclusivamente alle mie figlie."

La cosa bella di Giorgio era che le arrabbiature, grandi o piccole che fossero, gli duravano pochissimo. Maia poté rendersene conto immediatamente.

Lui infatti, appena ebbe finito di parlare, le prese la mano e gliela strinse delicatamente.

"Fino ad oggi. Mio padre un giorno, guardando mia madre, disse che aveva letto da qualche parte che un anno ti da 365 opportunità, ma lui era convinto che invece il vero amore te ne dia una sola, il resto sono solo giorni."

Detto ciò accese la radio, sintonizzandola su Radio Subasio che in quel momento trasmetteva solo canzoni melodiche nello spazio leggendario chiamato 'Per un'ora d'amore'.

Maia poggiò la testa sulla sua spalla stringendosi a lui.

"Ne sei sicuro?"

Il semaforo rosso si accese obbligando Giorgio a fermarsi, proprio nell'attimo in cui ebbe inizio una stupenda canzone di Tiziano Ferro cantata in coppia con la Amoroso...

"Difendimi per sempre, amore mio, almeno tu
in questi angoli del mondo agonizzante di bugie..."

Giorgio decise di rispondere alla domanda di Maia in modo da fugare ogni suo dubbio circa i sentimenti che provava per lei.

Senza perdere tempo le slacciò la cintura di sicurezza, facendo altrettanto con la propria, dopodiché alzò al massimo il volume della radio, aprì lo sportello ed uscì dalla macchina.

Girò intorno ad essa sotto lo sguardo attonito di Maia; arrivatole davanti, spalancò il suo sportello e con la mano protesa la invitò ad uscire.

"Vuoi ballare?"

Intanto il semaforo era diventato di nuovo verde, ed i clacson delle macchine dietro di loro, iniziarono a suonare all'impazzata, ma l'impianto stereo di Giorgio era decisamente buono e così la voce dei due cantanti riuscì lo stesso a diffondersi. Maia non lasciandosi intimorire dalle grida e dagli insulti degli altri guidatori, prese la mano di Giorgio ed uscì.

"Con molto piacere."

Iniziarono così, stretti l'uno all'altra, a ballare in mezzo all'incrocio.

I coniugi Valentini erano due simpatici signori di mezz'età ed erano proprio nell'auto dietro a quella di Giorgio e Maia.

"Ma guarda tu questi due idioti! E' incredibile. Mettersi a ballare in mezzo alla strada. Devono essere ubriachi o magari drogati. Ehi voi! Toglietevi di mezzo!"

"Caro la vuoi smettere di suonare quel maledettissimo clacson. Per me sono semplicemente due innamorati."

"Due innamorati un corno, mettersi a ballare in mezzo alla strada. Due idioti! Ecco che cosa sono, due idioti! Allora vi levate dai piedi o no?"

La signora Valentini, spazientita, mise la mano davanti alla bocca di suo marito, guardandolo con aria affettuosa.

"Da quanto tempo é che non m'inviti a ballare?"

Il signor Valentini si zittì e sorpreso guardò sua moglie; poi togliendo la mano dalla sua bocca, le sorrise.

"Avevamo più o meno la loro età. Ma sì! Tanto vale fare qualcosa, anzichè stare qui ad aspettare."

Detto questo, marito e moglie uscirono dalla loro auto, iniziando a ballare accanto a Giorgio e Maia che raggianti li salutarono con un cenno della testa.

Alcune coppie di ragazzi che uscivano da un pub lì di fronte non si fecero scappare l'occasione e si unirono alle danze.

In pochi minuti l'incrocio si affollò e, sotto gli occhi increduli d'un vigile urbano che si grattava la testa chiedendosi che diavolo stesse succedendo, la strada si trasformò in una
pista da ballo.

"Difendimi per sempre in questo mondo in tempesta
in cui l'amore è il solo grido di protesta di noi uomini
Riesco a non arrendermi
Se ci sei tu a difendermi."

Giorgio e Maia decisero di dare un'occhiata in giro, c'erano così tante stanze da vedere a Bosco Bianco che in ognuna di esse poteva celarsi qualcosa di bello ed inaspettato. Fu così che in fondo ad un armadio di una delle camere da letto trovarono una scatola rettangolare bianca. Quando lui si piegò per prenderla Maia pensò che fosse troppo bassa e larga per contenere al suo interno un semplice paio di scarpe.

Incuriosita la giovane napoletana invitò Giorgio a poggiarla sul letto e, dopo essersi messa seduta, l'aprì. Un vecchio album per fotografie con la copertina di pelle intarsiata apparve davanti agli occhi di Maia, la quale si portò una mano alla bocca, colta alla sprovvista dalla bellezza dell'album che sembrava essere uno di quei Libri delle ombre con gli incantesimi che si vedevano nei film sulle streghe. Ancora più incuriosita, Maia incrociò le gambe sul letto mettendosi comoda e con lo sguardo indicò a Giorgio la parte del letto vicino a lei.

Lui si mise seduto, mentre Maia si affrettò a togliere l'album dalla scatola, non vedendo l'ora di aprirlo e vedere cosa contenesse. Un attimo di esitazione la sopraffece, facendole togliere la mano dalla copertina dell'album. Maia guardò Samuele chiedendosi se fosse stato corretto da parte loro sfogliarlo visto che apparteneva ad un'altra persona che, magari, lo custodiva nascosto nell'armadio proprio per far sì che qualcuno non lo sfogliasse.

Giorgio le sorrise e presa una delle sue mani gliela poggiò sull'album.

"Dai aprilo…"

Il silenzio della stanza si fece più pesante, ma Maia chiuse gli occhi e nella sua mente visualizzò il volto allegro dell'amica di sua madre che sorridente le faceva sì con la testa, invitandola ad aprire l'album.

Maia con le palpebre ancora abbassate le sorrise scuotendo la testa, poi riaperti gli occhi aprì la copertina dell'album. "Sì."

Con la punta delle dita girò la carta velina bianca che proteggeva la prima foto. L'immagine color seppia raffigurava una foto di famiglia, un gruppo di una decina di persone che sorridenti guardavano l'obiettivo stringendosi gli uni agli altri per entrare tutti nella foto. Uomini e donne vestiti con abiti dell'epoca dalle facce semplici, occhi luminosi, onesti e colmi di speranza. Il loro tenersi stretti sembrava un motto: "Sarà dura, ma l'importante è restare insieme."

Maia avvicinò il viso all'immagine e con un dito passò in rassegna i volti delle persone, riconoscendo nell'uomo partendo da sinistra lo scrittore Albert Grant, visto nella foto appesa alla parete della sacrestia della chiesa di Santa Maria. Gli occhi vispi ed intelligenti erano gli stessi.

Il dito di lei si spostò allora sul bel ragazzo accanto a lui, il suo sorriso, timido, quasi imbarazzato, contrastava con lo sguardo acceso e il fisico scultoreo che una camicia bianca faceva fatica a contenere.

Maia continuò a sfogliare le pagine dell'album e le foto continuarono a susseguirsi, ve n'erano molte che ritraevano Albert Grant accanto allo stesso giovane con la camicia bianca della foto di gruppo, lasciando intendere che, tra di loro, ci fosse una certa sintonia.

Superate le prime pagine dell'album, iniziarono ad arrivare foto a colori di tempi sempre più recenti che ritraevano la signora Chiara Pizzi davanti ai posti più suggestivi di Bosco Bianco. Maia arrivò alle ultime pagine dell'album, le quali, erano quasi tutte dedicate a foto della vecchia proprietaria della tenuta insieme a tante persone diverse, di sicuro, amici e conoscenti che l'avevano accompagnata durante la sua vita passata in quella casa. Maia giunse all'ultima pagina, e, con un tuffo al cuore, si ritrovò davanti una foto della signora Pizzi abbracciata ad una giovane donna con in braccio una bambina dai capelli biondi.

Maia riconobbe sua madre e d'istinto avvicinò il viso alla foto, quasi a cercare una sua carezza. Le lacrime iniziarono a scendere lente ed inesorabili, bagnandole le guance, sotto lo sguardo confuso di Giorgio.

La ragazza, dopo essersi asciugata le lacrime con un braccio, accarezzò l'immagine ritratta. Sua madre giovanissima sorrideva all'obiettivo in modo pieno e spensierato. I suoi occhi brillavano di una gioia talmente incontenibile che sembrava voler superare la sottile carta in cui era stata imprigionata per sempre.

L'emozione che aveva provato Maia era arrivata come uno tzunami, in silenzio, senza preavviso, lasciando che la foto fosse il mare che si ritira, prima dell'onda anomala che ti travolge portandoti via, mentre tu sei intenta a raccogliere le conchiglie rimaste a portata di mano, su una riva senza più acqua. Dalla bocca di Maia uscì un sussurro.

"Mamma…"

Il nome scritto sul retro della foto, con la data del giorno in cui era stata scattata, aveva certificato a Maia ciò che il cuore le aveva immediatamente suggerito.

Giorgio, intanto, in segno di rispetto e per lasciarle un po' d'intimità si era alzato dal letto ed era uscito dalla camera aspettandola in piedi poggiato con la schiena al muro del corridoio. Maia uscì poco dopo dalla stanza e messogli le braccia intorno al collo l'aveva baciato teneramente… Quasi e ricordargli che adesso era lui che avrebbe dovuto proteggerla per sempre…

Un'ora più tardi, mentre era da solo, Giorgio aveva ringraziato il destino benevolo di non aver fatto sì che nell'album ci fosse anche una foto del vero Samuele Milleri.

CAPITOLO X

Era proprio vero, non credi? Io e te così tanto tempo fa, eravamo solo dei bambini, ma ci amavamo sul serio noi due, vero?

(Le pagine della nostra vita)

Le giornate trascorrevano tutte uguali: ci si svegliava facendo l'amore, si faceva colazione facendo l'amore, si pranzava facendo l'amore, si passava il pomeriggio facendo l'amore, si cenava facendo l'amore ed infine si andava a dormire dopo aver fatto l'amore. Perché due persone che si amano non hanno di meglio da fare che fare sempre l'amore.

Arrivò anche il momento di fare una doccia insieme, una lunghissima doccia, in cui l'acqua fece a gara con le mani, le labbra e i corpi a chi accarezzava più dolcemente la pelle. Giorgio, dopo essersi tolto via il sapone, era uscito, lasciando che Maia finisse di lavarsi i capelli. Poi lui l'aiutò a infilarsi l'accappatoio e fece una cosa che lei avrebbe conservato nella sua memoria fino all'ultimo dei suoi giorni, come uno dei gesti più belli e romantici che avesse mai visto e ricevuto. Giorgio si era inginocchiato ai suoi piedi e con un asciugamano, si era messo ad asciugarle le gambe e i piedi. L'aveva fatto in una maniera così spontanea e dolce che Maia non aveva potuto fare a meno di accarezzargli la testa. Giorgio allora aveva alzato gli occhi verso di lei e le aveva sorriso felice, per poi continuare ad asciugarla. Illudendosi che quell'istante l'avrebbero potuto ricordare insieme per tutta la vita.

Mentre vagava per la casa con la sola coperta del letto che l'avvolgeva, Maia entrò nella stanza che più l'affascinava, quella in cui più di ogni altra il tempo sembrava essersi fermato. Avvicinandosi al fonografo, prese la manovella ed iniziò a girarla per metterne in funzione la carica. Con un lieve cigolio la musica si diffuse in tutta la sua bellezza. La melodia era quella che Maia si aspettava di sentire, quella che le faceva venire la pelle d'oca ogni qual volta le capitava di ascoltarla: Amapola.

Giorgio, ascoltando quella canzone non poté fare a meno di pensare al suo film preferito: C'era una volta in America. Così entrò nella stanza e fece per avvicinarsi a Maia, ma a volte le anime gemelle si riconoscono per gli stessi pensieri... e gli stessi film preferiti. Lei si voltò di scatto, recitando la prima battuta.

"Vieni fuori da lì, scarafaggio!".

Glielo disse con le braccia incrociate, mentre lo guardava con un sorriso strafottente.

Giorgio con fare impacciato e, cercando di darsi un tono, si appoggiò con la spalla alla parete.

Maia lo incalzò con una domanda.

"Cosa fai?"

Con finta indifferenza Giorgio tirò fuori una moneta dalla tasca e la gettò con spavalderia sul tavolo in mezzo alla stanza che avrebbe dovuto rappresentare il bancone del ristorante nel film.

"Dammi una birra".

Maia lo scrutò dall'alto in basso con fare minaccioso.

"Senti, senti! Tanto per cominciare siamo chiusi. Inoltre io non servo qui dentro. E, per finire, la gente per bene non beve al Pesach. La gente per bene va alla sinagoga".

"Davvero? E allora tu che cosa fai qui?

Giorgio si atteggiò come qualcuno felice di avere avuto l'ultima parola in una discussione. Maia gli fece capire subito che non era così.

"Qualcuno deve pur badare al negozio. Altrimenti quei ladruncoli là fuori ti vengono in casa e Dio solo sa come va a finire".

"Specialmente quando si lascia la porta aperta".

Giorgio finì la frase facendole l'occhietto, come a voler dire 'Visto? Ti ho messa a posto!'.

Maia con fare offeso gli voltò le spalle e, avvicinatasi al fonografo, sollevò la puntina dal disco interrompendo la musica, poi andò dov'era la sedia a dondolo di legno e vi si mise seduta.

Giorgio ammirato dalla bellezza stropicciata di quella donna incredibile, restò fermo dov'era. Lei allora gli fece capire che per lei la scena non si era ancora conclusa:

"Puoi benissimo pregare anche qui come se fossi alla sinagoga. Non fa differenza. E' quello che è nel cuore che conta"

Da terra Maia fece finta di raccogliere la Bibbia e se la poggiò sulle gambe invitandolo a sedersi vicino a lei.

"Vieni a sederti qui".

Giorgio, sorpreso che lei volesse continuare quel gioco, scosse la testa divertito per poi sedersi sul pavimento accanto alla sedia.

Maia aprì la Bibbia come un mimo di professione, scegliendo la pagina prevista, e cominciò a leggere aiutata dalla sua memoria.

"Ascolta. 'Il mio amato è bianco e rosso. La sua pelle è fine come l'oro, le sue guance sono come una manciata di spezie...' "

Maia abbassò il libro, fissò con sguardo eloquente il collo di Giorgio e disse:

"Anche se non si lava da dicembre".

Giorgio si finse imbarazzato e fissò un punto davanti a lui. Maia riprese a leggere e la sua voce divenne quasi un sussurro.

"I suoi occhi sono gli occhi delle colombe, il suo corpo è lucente come avorio, le sue gambe sono colonne di marmo..."

S'interruppe di nuovo e guardò i pantaloni di Giorgio all'altezza dell'inguine.

"Dentro a brache così sporche che stanno su da sole".

Maia stava per continuare a leggere, ma inaspettatamente alzò la testa incrociando volutamente lo sguardo di Giorgio.

"Egli è tanto amabile... "

A quel punto la scena originale del film richiedeva che Maia declamasse il resto della battuta con un tono pieno di sarcasmo, ma la voce le uscì rotta dall'emozione e con gli occhi gonfi di lacrime disse:

"Ma sarà sempre un monello da due soldi e per questo non sarà mai il mio ragazzo. Che peccato! E non avrà mai quello che vuole sopra ogni cosa al mondo!"

Nel frattempo gli si era fatta vicino con il corpo che le tremava. Giorgio d'impeto si alzò, la prese per le braccia attirandola a sé e la baciò con dolcezza, un bacio che avrebbe dovuto essere accennato, fugace, il bacio di due fanciulli, quando la vita ti dice di aspettare, ma a volte aspetta è una parola che vuol significare che sta per succedere qualcosa di bello, in questo caso una promessa d'amore.

Nella vita non si può passare tutto il tempo a fare l'amore, o magari sì, ma Giorgio e Maia decisero di trovare un modo alternativo di stare insieme. Ripitturare il gazebo in giardino. Così partirono alla volta di Santa Maria per andare a prendere in ferramenta tutto il necessario per iniziare i lavori. Il mattino seguente e per i due giorni successivi, il giardino si trasformò in un vero e proprio campo di battaglia: vernice, pennelli, tutto era sparso per terra in maniera disordinata. In compenso, alla fine, il risultato sarebbe stato eccellente.

Il gazebo riacquistò la sua lucentezza originaria. Il bianco delle colonne di legno sembrava riflettere la luce del sole, come un gigantesco specchio, rendendo luminosissimo tutto ciò che era intorno ad esso. Maia cercava di dare una mano, ma i risultati erano così scadenti, che Giorgio decise di promuoverla sul campo 'supervisore'. In cambio, però, dovette promettergli di non toccare mai più un pennello, fino alla fine dei lavori. L'armonia tra di loro era così evidente: gli scherzi, le battute, le pause per prendere il tè ammirando con soddisfazione il lavoro appena svolto. Nei due giorni che seguirono, Giorgio e Maia finirono di verniciare il gazebo. Avevano fatto davvero una piccola opera d'arte, se prima era di un bianco luminoso, ora poteva essere usato come faro per le navi in difficoltà.

Quel pomeriggio Maia uscendo in giardino, trovò Giorgio di spalle davanti alla loro opera finita. Fermo, immobile, ammirava dal giardino il suo piccolo gioiello in legno. Talmente preso da non sentire l'arrivo di Maia che camminava verso di lui. Giorgio ancora non dava alcun segno di vita, assorto in quella posizione da chissà quanto tempo. Maia gli si mise accanto e sorridendo lo guardò. Così buffo, nella sua espressione assorta, da sembrare un bambino davanti la bancarella dei palloncini colorati. All'improvviso Giorgio si voltò, ritrovandosela di fianco.

"Ciao, da quanto tempo sei qui?"

"Da quando abbiamo iniziato i lavori."

Giorgio, a quella risposta, scoppiò a ridere. Maia fece lo stesso. Le loro risate amplificate dal silenzio, sommersero la dolce quiete del bosco, fin nei suoi remoti anfratti. Era inutile nascondere la verità, entrambi non si erano mai sentiti così felici. Il merito era tutto loro.

Avevano finalmente conosciuto la persona aspettata da una vita… E si erano innamorati.

Giorgio si svegliò tardi e passando la mano accanto a lui cercò il corpo di Maia, non trovandola, si ricordò che la sera prima gli aveva detto che l'indomani si sarebbe dovuta svegliare presto per andare in paese a fare dei giri.

Fu allora che decise di farle una sorpresa, di cucinare per lei, magari quel pollo che avevano comprato al supermercato. Non sarebbe stato poi così difficile, bastava metterlo in forno e controllarlo ogni tanto, stando attento a non faro bruciare e sì ci avrebbe aggiunto anche due patatine, sua madre lo faceva sempre.

Giorgio aprì il frigorifero e prese un sorso d'acqua. Stava bevendo seduto con i gomiti poggiati sul tavolo e, incredibilmente, per la prima volta dopo giorni notò quanto fosse bella quella cucina. Sorrise tra sé e sé per la sua tarda osservazione.

Era una stanza molto accogliente, calda, familiare, enorme per essere una cucina. La credenza, il tavolo, le sedie e tutti gli altri mobili erano in noce. Le mattonelle quadrate e grandi del pavimento color panna, riflettevano la luce del sole proveniente dalla finestra, anche quella molto più grande del normale.

Chi era seduto a tavola poteva così godere di una vista stupenda. Era posizionata proprio di fronte al giardino da cui s'incominciava a intravedere il bosco che circondava la casa. Esposta per quasi tutta la giornata al sole, era di una luminosità incredibile, come tutto in quel posto.

Giorgio stava riflettendo su quanto fosse bello avere la possibilità di vivere lì. Ma quella possibilità per lui sarebbe rimasta solo una chimera che presto o tardi l'avrebbe sicuramente azzannato alla gola.

Quando Maia parcheggiò la macchina di fronte casa, si accorse che dal comignolo del camino usciva del fumo. Rimase seduta in macchina per qualche istante, giusto il tempo di riordinare le idee.

Aveva fatto un salto in una banca di Santa Maria per prelevare dei contanti.

Quante cose erano successe in quei giorni: Bosco Bianco, Samuele, la spiaggia, l'amore, il ballo, l'amore... l'amore... l'amore.

Aprì lo sportello e finalmente scese dalla macchina. Camminò verso casa continuando a guardare quel sottilissimo filo di fumo che saliva nel cielo, come se fosse una di quelle corde che prendono vita ascoltando la musica di un flauto magico.

Chissà perché Samuele aveva acceso il camino. Effettivamente nel primo pomeriggio, quando aveva cominciato a piovere, la temperatura era scesa incredibilmente e, mentre al mattino un caldo soffocante ti toglieva quasi il respiro, adesso si poteva dire che l'aria si era fatta un po' rigida. Suonò alla porta, ma nessuna risposta giunse dall'interno. Riprovò perplessa, niente. Decise di prendere le chiavi dalla borsa.

Quando aprì ed entrò, si accorse che la casa era immersa nel buio, nessuna delle luci era accesa. Fece qualche passo dopo aver chiuso la porta.

"Samuele ci sei?"

Il silenzio rispose per lui. Accese la luce all'ingresso e così poté accorgersi del biglietto attaccato alla porta del soggiorno.

Incuriosita si avvicinò, sul biglietto poche frasi, ma significative. 'Il camino è acceso, la cena è pronta, entra. Manchi solo tu.'

Maia strinse la maniglia piegandola lentamente, spalancò la porta e rimase a bocca aperta. Davanti a lei vi era una tavola perfettamente apparecchiata e dietro di essa, il camino acceso con una fiamma calda e avvolgente che le faceva da sfondo. Giorgio seduto sulla poltrona con le gambe accavallate, teneva in mano un bicchiere.

Le fece il gesto di un brindisi alzando il braccio.

"Buonasera signorina Antonini, ho pensato che siccome aveva avuto una mattinata molto pesante, questa piccola sorpresa le sarebbe piaciuta."

Maia finalmente riuscì a chiudere la bocca e dopo essere rimasta ferma impietrita sulla porta per qualche secondo, mosse i primi passi verso il centro della stanza.

Arrivata vicino al tavolo una grande emozione la fece trasalire, impedendole ancora una volta di proferire parola. La tovaglia, riconobbe la tovaglia. Erano anni che non la vedeva. Istintivamente la toccò con la mano. Strofinandosela fra le dita, mille ricordi le tornarono alla mente.

Vedeva sua madre seduta in veranda, intenta a cucire quel regalo per la sua migliore amica che presto si sarebbe dovuta trasferire nella sua nuova casa a Santa Maria.

Lei giocava ai suoi piedi e con la mano tirava il filo per farle uno scherzo, impedendole di continuare il lavoro. Sua madre allora fingeva di arrabbiarsi, posava tutto per terra e la costringeva a scappare correndole dietro per tutto il giardino fra le urla divertite di entrambe.

"Spero che non ti dispiaccia se ho usato questa tovaglia per apparecchiare la tavola."

La voce di Giorgio fece scomparire lo schermo nella sua mente, riportandola nel soggiorno.

"No, scusami, è tutto così meraviglioso che sono rimasta incantata, non me l'aspettavo, il camino acceso, la tavola imbandita e poi questa tovaglia, ma dove sei riuscita a trovarla?"

"A dire la verità, per trovare tutto il necessario ho messo a soqquadro la casa, ma ti giuro che dopo metto tutto a posto e starò attento a non macchiarla, perché, a quanto vedo, sembri tenerci parecchio. Se hai paura che possa rovinarsi la cambio con un'altra.

"Scherzi? Non azzardarti a toccarla, sta bene dov'è. Il fatto è che sono anni che non la vedevo, precisamente da quando mia madre la cucì per regalarla a tua zia Chiara prima della sua partenza per venire qui a Bosco Bianco."

Giorgio cercò di non fare caso a quel 'tua zia Chiara', in quel momento il suo unico pensiero voleva che fosse lei.

"Capisco, non devi aggiungere altro."

Maia con i polpastrelli sfiorò i rilievi dei ricami cuciti sui bordi, raffiguravano tanti pesci diversi che nuotavano insieme a delle sirene.

"Mia madre adorava ricamare, era uno dei suoi passatempi preferiti.

Sapeva essere meravigliosa in ogni cosa che faceva. Mi manca sai? Le saresti piaciuto moltissimo, è un peccato che io non abbia la possibilità di presentartela. Mi ha lasciato che avevo appena iniziato il liceo. Adesso però basta con queste storie malinconiche. Allora? Si mangia?"

"A dire la verità Maia, per la cena è sorto un piccolo problema."

"Che problema?"

"Si è bruciata."

Giorgio abbassò lo sguardo e il viso gli s'imporporò per l'imbarazzo, dandogli una dolcissima espressione colpevole.

"E il biglietto attaccato alla porta? Con su scritto la cena è pronta?"

"L'avevo scritto prima di cominciare a cucinare, ma posso spiegarti. Il fatto è che sono andato su in soffitta per cercare qualcosa di carino per apparecchiare la tavola e… Mi sono scordato di spegnere il forno bruciando così il pollo e tutte le patate. Mi dispiace Maia, sono mortificato. Ti volevo renderti felice e invece, bella sorpresa ti ho fatto, mi perdoni?"

Avrebbe voluto correre da lui e abbracciarlo stretto, stretto. Con quell'aria mortificata da bambino colto sul fatto era una tenerezza. Gli sorrise, facendo intuire la sua intenzione di perdonarlo, senza attenuanti.

"Ti perdono, solo per questa volta, ma che non capiti più… Capito? A dirti la verità, sei stato fortunato, non è che avessi molto appetito.

Avrei rischiato di apprezzare pochissimo la tua fantastica cena. Perché era fantastica vero?"

"Come puoi dubitarne. Comunque se ti accontenti, possiamo abbrustolire qualche fettina di pane sul fuoco."

"Va bene piromane, mi accontento."

Mangiarono seduti per terra davanti al camino. Giorgio aveva preferito così per paura di sporcare la tovaglia e a Maia l'idea era piaciuta.

I loro corpi vicinissimi, i visi illuminati dalla fiamma crepitante, il calore della stanza. Nessun suono, nessun rumore. Respiri... Sospiri.

"Lo sai Maia che stai degustando una specialità della cucina romana?"

"Però, mangiate sofisticato!"

"E' inutile, non mi sorprendi più con il tuo umorismo campano alla Massimo Troisi. Adesso vediamo se riesco a farti ridere anch'io."

Giorgio cominciò a farle il solletico, inconsapevole che Maia lo soffrisse terribilmente, lei ridendo, per sfuggirgli si sdraiò sul pavimento. Lui le fu sopra, impedendole con le sue braccia di muoversi.

"Come hai osato prendere in giro l'arte culinaria della mia città? Ora sei mia prigioniera, chiedi scusa."

Maia lo guardò negli occhi e smise di ridere.

"Anch'io amo Napoli, ma finiti gli studi ho viaggiato tanto senza avere più un posto da poter considerare casa... per questo quando sono arrivata qui, in cuor mio, ho sperato che Bosco Bianco potesse diventarlo. Ma Roma è davvero così importante per te? "

Giorgio non rispose, si spostò mettendosi sdraiato di fianco a lei, poggiando il gomito sul pavimento.

"Roma è come l'amore, se non ce l'hai nella tua vita ti manca terribilmente."

Maia gli fece una carezza sulla guancia

"Quindi ora ti manca terribilmente?"

Giorgio le prese la mano baciandogliela dolcemente.

"No, in questo momento non mi manca niente."

Scesero le scale della cantina ed immediatamente sentirono odore di bruciato.

Giorgio, illuminando la stanza con una torcia elettrica, si accorse che un sottilissimo filo di fumo usciva dal quadro elettrico.

Con un panno a portata di mano aprì lo sportelletto. Maia, dietro di lui, osservava i suoi movimenti in rigoroso silenzio.

L'energia elettrica era venuta a mancare dopo che un tremendo temporale estivo si era abbattuto sulla costa nel primo pomeriggio. Evidentemente un fulmine aveva colpito la casa, mandando in corto circuito qualche filo.

"Cos' è successo?"

Giorgio cercava di capire dove fosse il problema, fino a che non si accorse d'un fusibile praticamente distrutto.

"E' saltato un fusibile. Bisogna cambiarlo."

Maia lo fissava con un'espressione tra il preoccupato e l'ammirato.

"Come pensi di fare?"

"Devo andare giù in paese e comprarne uno nuovo, poi cambiarlo non sarà un problema."

"Ok, nell'attesa cercherò di trovare il maggior numero di candele possibili, di modo che se non si potrà riparare subito il guasto, stasera riusciremo a vederci lo stesso."

Risaliti su in casa, Giorgio uscì e si diresse verso la macchina, seguito da Maia.

Prima di mettere in moto abbassò il finestrino.

"Che ne pensi se al ritorno passo a prendere due pizze come quelle dell'altra volta? Visto che manca la corrente e non possiamo cucinare..."

"Ottima idea, quasi quasi sono contenta che sia saltata la luce."

Giorgio uscì di casa, avviandosi a passo svelto verso la macchina. Si girò per sorridere a Maia che, appoggiata ad una delle colonne di legno della veranda, lo salutò con la mano, ricambiando il suo sorriso, per poi rientrare in casa e mettersi in cerca delle candele.

Rovistando in soffitta tra un nugolo di oggetti diversi che avrebbero fatto la fortuna di qualsiasi antiquario, trovò una cassapanca finemente decorata che celava un tesoro inaspettato: un abito d'epoca perfettamente conservato. Era chiuso ermeticamente in un cellophane trasparente insieme ad un sacchetto di erbe profumate.

Non appena Maia lo tirò fuori dal suo involucro un fresco odore di pulito l'avvolse impregnandole le narici di una fragranza floreale che la lasciò stordita per qualche momento.

Era bellissimo, di un rosa molto pallido, pizzi e ricami ne adornavano il corpetto. La gonna era lunga, vaporosa, molto elegante, ma soprattutto impalpabile, con un grande fiocco che ne sottolineava la vita. Le maniche si chiudevano ai gomiti con volant d'organza. Sicuramente doveva essere stato indossato per qualche occasione speciale, magari per un ballo di primavera o per l'ingresso in società di una debuttante.

Inconsciamente Maia lo fece già suo, la pelle ne reclamava il diritto di tenuta. Sentiva attraverso i polpastrelli crescere dentro di sé il desiderio di averlo, assaporarne la levità e sentirsi, con un battito di stoffa, farfalla nascente.

Provare quella lasciva sensazione di soffice mistero che, attraversando il corpo sinuoso di una donna, giunge con il contatto epidermico fino al deserto dai seni sabbiosi, e ancor più giù, dove l'iride è accecata dal sole rosso, dove la virtù ed il peccato saranno fasciate dal tessuto sensuale d'oriente... la seta.

Non era stato facile trovare il fusibile nuovo. Giorgio aveva dovuto girare un bel po', ma alla fine, in un minuscolo negozio di materiale elettrico, un simpatico vecchietto era riuscito a vendergli, ad un prezzo esageratamente alto, quello che cercava.

Ora procedeva a velocità sostenuta verso casa, perché non voleva che le pizze si freddassero e perché il profumo che aveva invaso l'interno dell'auto stava mettendo a dura prova il suo appetito ed il suo buon senso.

Mentre aspettava di pagare il suo costosissimo fusibile il pensiero era volato alla sera prima. Avevano deciso di dormire insieme... dormito, insomma, dopo avevano dormito insieme.

Ora c'era qualcosa di diverso in lui, non sapeva come spiegarlo, ma si sentiva più leggero, il suo viso era come se fosse consapevole che presto gli angoli della bocca si sarebbero sollevati all'insù, andando a disegnare un sorriso indipendentemente dalla sua volontà. Subito dopo arrivava lei e si avvicina a lui, quasi fosse un proseguimento del suo sorriso, come se le loro bocche fossero dei trapezisti che, dopo aver volteggiato nel vuoto, tornassero ad unirsi per proseguire il loro volo insieme fino alla pedana e alla certezza che non sarebbero potuti più cadere. E si baciavano, così, alla luce del sole, come un vampiro a cui non frega un cazzo di morire.

Quante volte era stato sul punto di dirle 'ti amo', mentre faceva l'amore con lei, non lo ricordava nemmeno.

La paura che, una volta saputa la verità, ella pensasse che fosse stato tutto programmato per convincerla a vendere la casa, gli aveva bloccato le parole in gola.

Tirando fuori i soldi dal portafoglio, sotto lo sguardo compiaciuto del negoziante, aveva continuato a pensare a Maia, scoprendosi senza via d'uscita.

Avrebbe rischiato di perderla, di perdere per sempre la donna che amava. Sì, perché lui l'amava e l'amava profondamente.

Uscendo dal negozio si chiese per l'ennesima volta che cosa dovesse fare e, sedutosi in macchina, capì che la situazione era disperata.

Sapeva che se Maia avesse venduto la sua parte della tenuta per seguirlo, quasi sicuramente, una volta scoperto che non era il vero Samuele Milleri, le speranze che lei restasse con uno sporco ed infido millantatore sarebbero state a dir poco scarsissime.

Si sarebbe ritrovata senza l'uomo che aveva creduto una persona con cui valesse la pena di vivere per il resto dei suoi giorni e, oltretutto, senza la casa che lei sognava fin da bambina.

S'infilò con rabbia la mano fra i capelli strofinandosi nervosamente la testa.

Dio l'aveva voluto punire, non c'era altra spiegazione.

Forse il fulmine che aveva incenerito il fusibile era diretto a lui, forse non aveva centrato l'obiettivo perché in quel momento Giorgio si trovava troppo vicino a Maia. Sì, doveva essere sicuramente così. Era stato risparmiato grazie a lei. Questo finì per addolorare, se mai ce ne fosse stato bisogno, la sua già dannata coscienza.

Mentre si avvicinava a Bosco Bianco, guardando attraverso il parabrezza, pensò di avere un'allucinazione.

Su una delle verande al secondo piano, rivolta con il viso verso la scogliera, vi era una presenza eterea, quasi certamente il fantasma di una splendida dama suicida che aveva abitato in quella casa durante il Regno dei Borboni.

Continuando a tenere gli occhi fissi su quella metafisica entità, rischiò di travolgere un innocente lampioncino in ferro battuto posto ai margini del parcheggio.

Il cuore gli batteva all'impazzata era terrorizzato all'idea che fosse stato fatto del male a Maia.

In fretta e furia entrò in casa senza neanche richiudere la porta dietro di sé, non notando un meraviglioso candelabro d'argento con tre lunghe candele che illuminavano l'ingresso.

Si precipitò verso le scale che portavano al piano superiore ma, non appena arrivò al primo gradino, si bloccò come paralizzato.

Un fruscio annunciò il suo incedere soave. La gonna impercettibilmente sfiorava i gradini man mano che lei scendeva, tenendo in mano un candelabro, uguale a quello che faceva bella mostra di sé nella sala d'ingresso della casa.

Il suo viso illuminato dalla flebile luce delle candele, sembrava essere sospeso nel tempo, se non fosse stato per il sorriso capace di svilire perfino il chiarore delle fiammelle, rivolto a Giorgio, che poté solamente prorompere in un'esclamazione di stupore.

"Wow! Sei incredibile!"

Maia lo salutò con un inchino e lo baciò sulla bocca.

"Ti piace? L'ho trovato su in soffitta, mentre cercavo le candele."

Giorgio la strinse a sé, circondandole i fianchi con le braccia.

"Se mi piace? Sei talmente bella che se ti affacciassi ora dalla terrazza del Pincio, non saresti tu a guardare Roma, ma sarebbe lei a guardare te. Sembri uscita direttamente da una tela del diciannovesimo secolo.

Davvero, probabilmente nella tua vita precedente hai abitato in questa casa."

"Sì ma tu dov'eri?"

"Forse ero andato a prendere le pizze."

Si staccò da lui guardandosi intorno.

"A proposito dove sono le pizze?"

Giorgio, senza nemmeno risponderle, scappò fuori.

Maia aveva apparecchiato il tavolo della cucina posizionando i due candelieri ai lati di esso.

Quando i due iniziarono a mangiare, le pizze erano ormai fredde, ma non importava perché, per quanto quella cena potesse essere frugale, godettero di quei sapori semplici divorandosi con gli occhi.

Fecero di ogni piccolo morso una prelibatezza da gustare in fretta, per correre di sopra a fare l'amore.

La luce soffusa dalle lunghe candele, illuminava la stanza, ma era la loro passione a bruciarne l'ossigeno, togliendo il respiro ai loro cuori, torturando di tempo e baci rubati le proprie, fino ad allora, spente ed inutili vite.

Salirono le scale tenendosi per mano. Giorgio faceva strada illuminandola con la luce del candelabro. Non appena arrivarono davanti alla porta della camera da letto, Maia vi si appoggiò con la schiena.

"Non è che stai cercando d'incastrarmi?"

Giorgio posò il portacandele sul pavimento per poi mettere le mani sulla porta, imprigionandola con le sue braccia.

"Io ti ho già incastrata."

"Ah sì? E se io volessi piacerti di più?"

"Ti basterà sorridere come fai sempre…"

Le si avvicinò baciandola appassionatamente. Maia socchiuse gli occhi e con la mano dietro la schiena girò la maniglia della porta, aprendola lentamente, senza smettere mai di baciarlo.

Le candele rimaste per terra vicino alla porta lasciavano entrare nella stanza una flebile luce che a stento bastava a distinguere i contorni dei corpi.

Pian piano iniziarono a spogliarsi. Giorgio fece sedere Maia sulle sue gambe e, con delicatezza, cominciò a slacciarle il corpetto.

Poi la invitò a mettersi in piedi davanti a lui, contemplando il suo viso nel chiaroscuro della camera. Le sciolse il fiocco legato in vita.

Il vestito, libero da impedimenti, scivolò ai suoi piedi lasciando Maia con indosso solo un paio di mutandine di pizzo nero.

Giorgio mise la testa sul suo ventre; Maia gliela accarezzò teneramente, dopodiché sollevandogli il mento con un dito, l'obbligò a rivolgere lo sguardo su di sé.

"Ti amo, Samuele Milleri…"

Per lui fu come una frustata. Nel contempo un soffio di vento, entrato da chissà dove, spense una delle candele.

Alzandosi di scatto la colpì involontariamente; Maia, inciampando nel vestito, finì a terra.

Il viso di lei si deformò in una smorfia di doloroso stupore. Sgranò gli occhi addosso a Giorgio che, in una completa confusione, aprì la bocca senza però riuscire a proferire parola.

Fu un silenzio breve, ma talmente pesante da rendere percettibile il crepitio delle due candele rimaste accese.

"Scusami, Maia, non volevo. Ti scongiuro, perdonami."

Lei, quasi sotto shock, rimase seduta per terra cercando di coprirsi con il vestito, finché non si accorse che una lacrima stava rigando la guancia di Giorgio. A quella vista anche i suoi occhi s'inumidirono.

"Perché?"

Il suo urlo si espanse all'interno della stanza, riecheggiando nell'intera casa.

Giorgio abbassò il capo ed un sussurro uscì dalla sua bocca.

"Non posso..."

Uscì dalla stanza, chiudendo la porta dietro di lui e lasciando Maia ancora seduta sul pavimento a chiedersi cosa diavolo fosse successo.

Quando lei sentì sbattere la porta della camera di Giorgio in fondo al corridoio, si tirò su. Dopo aver ripiegato con cura e infilato il vestito dentro l'armadio, si sdraiò sul letto a pancia sotto, coprendosi la testa con il cuscino.

Finalmente non era più necessario resistere. Le lacrime scesero copiose bagnando il lenzuolo.

I singhiozzi, intervallati da una serie infinita di 'no', riempirono le ore che seguirono fino a che, esausta e senza più una lacrima da versare, si addormentò sperando che quell'incubo finisse presto, perché se ami non hai paura di farlo.

Provare a prendere sonno fu anche per lui un'impresa disperata. Quando se ne convinse, decise di alzarsi. Si vestì indossando qualcosa di comodo, ma non rinunciò ad un maglione di cotone, immaginando che fuori la temperatura fosse rigida.

Uscì dalla sua camera badando a non produrre il minimo rumore. Scese le scale approfittando della luna piena che, filtrando dalle vetrate, rischiarava l'ambiente quel tanto che serviva per non sbattere contro alcunché.

Appena fuori dalla casa si complimentò con sé stesso per aver deciso di portare il maglione. Salì in macchina e per la prima volta non si allacciò la cintura; poi il pensiero delle sue figlie fece prevalere il buonsenso. Ci mise pochissimo ad arrivare in spiaggia, anche perché a quell'ora della notte la strada era deserta.

Camminando sulla sabbia umida a piedi nudi provò un'insolita sensazione di piacere e avvertì un brivido lungo la schiena.

Le onde, con il loro rumore sempre uguale ma mai fastidioso, accompagnarono quei suoi passi in solitudine al chiaro di luna.

Dopo un po' si mise seduto ed incominciò a scrutare il mare. Cercò nelle increspature dell'acqua e nei suoi luccicanti riflessi una risposta definitiva alla sua domanda. O magari la sagoma di un mostro marino che avrebbe fatto di lui un sol boccone, troncando definitivamente la sua storia d'amore con Maia e scongiurandone l'epilogo inevitabilmente triste.

Prese un mucchietto di sabbia con la mano e non poté fare a meno di ripensare ai momenti indimenticabili passati insieme a lei nella baia dell'Isola di Circe, che adesso l'oscurità nascondeva alla sua vista.

Gettò nell'aria la sabbia che, sospinta dalla brezza marina, si trasformò in un piccolo vortice che si disperse senza lasciare nessuna traccia.

Desiderava questo? Voleva veramente che Maia cancellasse dal cuore, dalla memoria, dalla sua vita, ogni traccia del suo passaggio, ogni ricordo di lui, di quei giorni passati insieme ad amarsi intensamente?

Come aveva detto il Derek di Grey's Anatomy, la serie tv preferita da sua figlia più grande... "Per quanti baci potrai dare ce ne sarà solo uno giusto, e per quanti ne potrai aver dati solo uno resterà il primo per sempre." Come la sua Meredith, Maia era stata solo una ragazza incontrata per caso, ma quando l'aveva baciata, tutti quelli che aveva dato prima di lei, erano diventati quelli dopo. Lei era diventata la prima donna che aveva baciato, lei era diventata il suo bacio giusto... Avrebbe voluto essere il primo caffè del mattino della sua vita, quello capace di farle pensare che, comunque vada, ci sarà sempre qualcosa di buono nella sua giornata.

Improvvisamente ebbe l'impressione di sentire la voce di Maia che ripeteva 'Ti amo, Samuele Milleri. Ti amo, Samuele Milleri'.. Purtroppo era solo un'eco lontana della sua fantasia.

La verità, doveva dirle semplicemente la verità, era l'unica cosa da fare. Lo pensò mentre si alzava in piedi, togliendosi la sabbia dai pantaloni.

Osservò la volta celeste trapunta di stelle sperando di vederne cadere una ed esprimere così l'unico desiderio che voleva venisse esaudito.

Aspettò qualche minuto con le mani in tasca per proteggersi dal freddo pungente. Non accadde nulla, ed allora decise di pregare.

Il mare, le onde, il firmamento e perfino la luna ascoltarono, commosse, quelle parole bisbigliate ad occhi chiusi...

"Se hai un momento, Dio, ti prego di ascoltarmi e di aiutarmi, perché io non posso rinunciare a Maia."

Fece una pausa e, come se Dio non lo conoscesse, gridò...

"Io sono Giorgio Betti! E sono innamorato di lei! Mi hai sentito? Giorgio Betti ama Maia Antonini!"

La verità era che tra tutte le stelle del cielo ora l'avrebbe riconosciuta sempre. Perché cercando la direzione giusta per il suo cuore lui non si sarebbe affidato alla stella polare... Avrebbe guardato solo lei.

Passare la notte da solo in riva al mare non era stata una grande idea. L'aveva capito quando si era ritrovato da solo con i suoi pensieri.

Quella splendida luna piena sembrava talmente vicina da poter essere presa con un retino da pesca. Osservandola nel silenzio della notte, Giorgio si era subito reso conto che, se non voleva pensare a Maia, quello che aveva scelto era il posto peggiore dove rifugiarsi. Lui l'amava, questa era la sua unica certezza.

Il dolore tremendo che stava sopportando ne era la dimostrazione più evidente. Nelle increspature accennate di quel mare calmo, velato dall'oscurità, aveva continuato a rivederla seduta per terra con il trucco sbaffato dalle lacrime.

Dentro di sé Giorgio aveva provato a cercare una via d'uscita, un particolare, un'idea che potesse giustificarlo con Maya per ciò che aveva fatto.

Si era stropicciato la faccia con una mano scuotendo la testa. A quel punto Giorgio si era alzato, togliendosi le scarpe e si era avvicinato alla riva mettendosi seduto sul bagnasciuga, con l'acqua del mare che gli bagnava i piedi.

Con un sorriso triste aveva appoggiato il mento sulle braccia incrociate che teneva sulle sue ginocchia. Giorgio non fumava, non beveva, non aveva niente con cui consolarsi.

Non aveva niente per dimenticare, non aveva niente per anestetizzare i suoi sensi e renderli incapaci di ricordargli il profumo di Maia, il sapore di Maia, la pelle di Maia, la voce di Maia, la sua presenza. Aveva pensato di sdraiarsi e addormentarsi lì, sulla spiaggia, ma quelle stelle che, partendo dalla linea dell'orizzonte, lambivano l'acqua fino ad arrivare a lui e quel seducente luccichio parvero supplicarlo di buttarsi. Giorgio non se lo fece ripetere due volte, si tolse i vestiti e si tuffò.

CAPITOLO XI

*Lei riusciva a sbucciare una mela in una lunga striscia riccioluta... l'intera mela!
Lei era perfetta in milioni di piccole cose che messe insieme significavano che
eravamo assolutamente fatti l'uno per l'altra.*

(Insonnia d'amore)

Aspettò l'alba sorseggiando il suo primo caffè del mattino in un bar del porto.

Fu allora che capì che quando ami una donna, la passione che provi per lei ti fa sentire capace di qualsiasi cosa. Bruci per lei, passeresti le giornate a fare l'amore con lei, in tutti i modi, in tutti i luoghi, in tutti i laghi.

Vorresti sentire il sale sulla sua pelle sudata, esplorare con le labbra ogni centimetro del suo corpo, come se con esse dovessi fare una mappatura dei suoi nei.

Hai fame del suo corpo, sei affamato di lei, come se avessi passato due mesi sull'isola degli innamorati, dove l'unico sostentamento è amare quella donna a cui ti senti legato da un filo invisibile destinato a non spezzarsi mai.

La verità era che Maia, nel suo cuore, si era presa ormai tutto lo spazio, aveva cacciato via l'aria ed era finita nei polmoni, aveva fatto volare via le farfalle ed era finita nello stomaco, aveva cancellato tutti i pensieri ed era finita nel cervello, forse per questo non la sentiva più solo vicina a lui, ma dentro la sua anima.

Osservò, attraverso la finestra che dava sul molo, alcuni pescatori che di ritorno da una proficua pesca notturna, stavano scaricando delle cassette colme di pesci ancora guizzanti.

Senza perdere tempo si affrettò a pagare il caffè ed uscì dal bar, dirigendosi verso i pescatori che avevano già iniziato a selezionare il pesce migliore. Chiese loro se fosse possibile comprare delle ostriche ed essi in un primo momento lo fissarono con diffidenza ma, non appena Giorgio tirò fuori il portafoglio, dei sorrisi soddisfatti apparvero su quei volti segnati dal sole e dalla salsedine.

La parte più difficile fu rimediare dello champagne alle sette del mattino. Si dovette accontentare di un ottimo vino frizzante che il barista del porto custodiva nel retrobottega.

Con i suoi due preziosi pacchetti risalì in macchina e partì a tutta velocità verso Bosco Bianco.

Voleva arrivare da lei il prima possibile, per abbracciarla forte e dirle all'orecchio che l'amava e che doveva confessarle una cosa.

Le avrebbe raccontato la verità, nella speranza che le sue preghiere fossero state esaudite. Il rischio di perderla per sempre era altissimo.

Questa consapevolezza, invece d'intimorirlo, gli diede il coraggio necessario per non frapporre indugi alla sua confessione.

Se la ami, la desideri sempre, perché amore e passione sono anime gemelle...

Il biglietto lo trovò attaccato alla porta d'ingresso, diceva testualmente:

'Anch'io ho bisogno di stare da sola. Più tardi passerò al supermercato, desidero prepararti qualcosa di speciale per la tua ultima cena a Bosco Bianco. Perché c'è un solo modo per far andare via il mio cuore, devi partire e lasciarmi qui. Ci vediamo dopo.'

Maia

Staccò il messaggio, entrò in casa e, dopo aver messo nel frigo le ostriche con il vino, rilesse il foglietto gettandolo con rabbia dentro il cestino dei rifiuti.

Quindi prese tutto l'occorrente per cambiare il fusibile saltato. Prima, però, chiamò le sue figlie già in fibrillazione per l'ormai imminente viaggio ad Euro Disney. Iniziò a lavorare, asciugandosi ogni tanto con il braccio la fronte imperlata di sudore a causa del gran caldo che c'era in cantina.

Il testo del biglietto l'aveva turbato; era evidente che Maia gli serbava del rancore per quello che era successo e non poteva certo darle torto.

Ciò non agevolava la sua intenzione di confessarle il piano ordito ai suoi danni dal signor Razzi e di cui era il principale esecutore.

Ad un tratto posò tutti gli attrezzi per terra e salì al piano superiore; prese il cellulare e compose il numero del suo capo. Sapeva che probabilmente, finita quella telefonata, si sarebbe ritrovato senza lavoro, ma ciò non aveva più importanza per lui.

"Pronto."

"Buongiorno, signor Razzi."

"Giorgio, finalmente! Ho sentito il tuo messaggio, allora è tutto a posto? Posso iniziare a mettere in frigo lo champagne?"

La voce squillante e piena d'entusiasmo del suo capo lo fece sorridere, e pregustare il momento in cui lo avrebbe costretto a cambiare tono. Stava per togliersi una bella soddisfazione, lo desiderava da tempo.

Per una breve frazione di secondo pensò a Giorgia e Gaia, e si sentì un padre incosciente. Poi si ricordò di avere un discreto conto bancario, che gli avrebbe permesso di tirare avanti per un bel po', almeno fino al prossimo lavoro.

Senza più nessun indugio sguainò la spada e si gettò a briglie sciolte sul nemico, al grido di: 'niente prigionieri!'.

"Non se ne fa più niente."

Il silenzio di Andrea Razzi gli procurò un fremito di piacere. Immaginò sua figlia minore che, con il pollice alzato, gli faceva l'occhietto.

"Scusa, Giorgio, non ho capito bene cosa hai detto."

"Ha capito benissimo, brutto figlio di puttana… La signorina Antonini non vende, né ora, né mai."

Sentì le narici del suo capo ingrossarsi per il furore, il rantolo che emise lo avvertì della tempesta in arrivo. Si legò con la cima all'albero maestro.

"Giorgio Betti, tu sai cosa significa questo, non è vero?"

Incamerò aria nei polmoni...

"Sì! Che non dovrò più lavorare per un essere spregevole come lei."

"Bene. Se le cose stanno così, vorrà dire che alla signorina Antonini dovrò pensarci io."

Quelle parole ebbero il potere di scatenare in lui un'ira incontrollabile che gli fece stringere la cornetta con tutta la forza che aveva.

"Tu prova solo a toccarla con un dito ed io ti giuro che..."

La risata di Andrea Razzi lo spiazzò lasciandolo confuso.

"Ti sei innamorato di lei, non è così? Il grande agente immobiliare sedotto da una scrittrice di favole per bambini. A proposito, dimmi, lei è ancora convinta che sei un professore o già lo sa che sei un fallito senza lavoro?"

"Vai a farti..."

Chiuse la comunicazione, attaccandogli il telefono in faccia, dopodiché si guardò intorno facendo un lungo respiro.

No, nessun rimpianto, adesso era finalmente pronto. Tornò in cantina per finire il lavoro in attesa che Maia tornasse a casa.

Maia camminava fra gli scaffali con il carrello della spesa, non avendo la minima idea di cosa acquistare.

La promessa di una cena speciale si era rivelata insensata. Alla fine si ritrovò nel cestino duecento prodotti refrattari all'arte culinaria.

Anche dentro il supermercato aveva preferito tenere gli occhiali da sole.

Temeva che, senza, la gente si accorgesse di quanto avesse pianto quella notte. Nella sua mente era ancora vivo il ricordo della reazione incomprensibile di Samuele-Giorgio. Com'era potuto accadere? Eppure fino a pochi istanti prima sembrava...

Ma all'improvviso un pensiero le balenò nella mente, un barattolo di pomodoro le scivolò dalle mani rotolando via. Giorgio non le aveva mai detto d'amarla.

Ripercorse con la memoria tutti i momenti passati insieme a lui partendo dalla giornata sull'Isola di Circe e si accorse con orrore di non averglielo mai sentito dire.

Come era potuto sfuggirle un particolare così rilevante? Avanzò verso la cassa spingendo il carrello come un automa. Gli occhi fissi davanti a sé, che in realtà non vedevano nulla se non la tristezza di scoprirsi ancora una volta sola. La commessa iniziò a tirare fuori le cose disponendole accanto alla cassa per il conteggio. Fu allora che vide la prima pagina del giornale locale messo in bella mostra su uno scaffale.

Il titolo a nove colonne era corredato da una fotografia di un uomo sulla quarantina che, con un sorriso a trentadue denti, mostrava felice il biglietto della giocata vincente.

Si tolse gli occhiali da sole incurante della cassiera che stava aspettando di essere pagata, afferrò una copia del giornale.

Samuele Milleri super milionario di Santa Maria.

Il nipote della nostra concittadina più famosa, Chiara Pizzi, dopo la cospicua eredità ricevuta poche settimane fa, sbanca il Gran Prix di Agnano scommettendo una considerevole somma di denaro sul cavallo vincente.

Dicono che quelli a occhi aperti siano i sogni migliori, perché si può decidere quando farli finire, ma non sempre è così, a volte può succedere che qualcuno ci aiuti a farli finire prima.

Lasciò le buste della spesa sulla cassa, diede una banconota per il giornale e corse via sconvolta.

Mentre si dirigeva a tutta velocità verso casa continuava a sbirciare, con la coda dell'occhio, il giornale poggiato sul sedile accanto a lei.

Guardare quella foto era come vivere un incubo. I tratti somatici di quell'uomo non si avvicinavano neanche lontanamente al Samuele Milleri che la stava aspettando a Bosco Bianco.

Lei si era perdutamente innamorata, o forse alla luce dei fatti sarebbe stato meglio dire che l'aveva fatta innamorare. Giorgio sembrava altrettanto preso, sembrava che anche lui fosse innamorato di lei. Io ti amo... Che altro bisogna aggiungere a queste tre parole? In teoria niente, in pratica tutto.

La strada davanti a lei cominciò a farsi sfocata a causa delle lacrime che, irrefrenabili, scendevano copiose dai suoi occhi. Era stata raggirata? Si era concessa anima e corpo ad un uomo che non era nient'altro che un impostore?

Quelle domande le fecero stringere lo stomaco in un acuto

spasmo di dolore.

Cercò con la mano di asciugarsi la faccia, ma era tutto inutile perché, per quanto si sforzasse, non riusciva a smettere di piangere.

Come aveva potuto mentirle così? Prendersi gioco di lei. Portarla a letto solo per cercare di raggiungere i suoi loschi scopi.

Più si avvicinava a casa e più le sembrava tutto così assurdo, inverosimile.

Cercava di farsene una ragione, ma non le bastò scuotere la testa per cancellare quell'uomo che era stato così dolce, così gentile, così incredibilmente… falso.

Batté con rabbia il pugno sul volante fino a farsi male. Il suo 'No!' gridato con tutta la disperazione che aveva, rimbalzò all'interno dell'auto finendo la sua corsa contro la solitudine di un amore oltraggiato, trafugato, frantumato in minutissime schegge che trafissero il suo cuore facendolo sanguinare.

Maia aprì la porta di casa mentre Giorgio, in cantina, sistemato il fusibile, stava rimettendo a posto tutti gli attrezzi.

Lui la sentì entrare e lasciando ogni cosa com'era, corse su per le scale, salendo i gradini a due a due per raggiungerla il prima possibile e confessarle così il proprio amore, ma più di tutto la propria identità.

Entrò in cucina e la trovò seduta a fissare il vuoto con gli occhi arrossati.

Il sorriso che riempiva il volto di Giorgio si spense immediatamente, si avvicinò al tavolo e le poggiò una mano sulla spalla.

"Maia, cos'è successo?"

Lei, senza dire una parola, con fare solenne prese il giornale e glielo mise davanti.

Giorgio, non appena lesse il titolo a nove colonne della prima pagina, impallidì fissando lo sguardo sulla foto. Tolse la mano dalla sua spalla rimanendo pietrificato dietro di lei.

Maia, senza neanche voltarsi, con un filo di voce gli fece la fatale domanda:

"Chi sei tu?"

Giorgio abbassò la testa fissando per un breve istante il pavimento, poi le si sedette di fronte. Con un tono rassegnato, iniziò a raccontarle tutta la storia.

"Avrei voluto che tu lo sapessi da me, ero entrato in cucina proprio per mettere fine a questa ignobile farsa. Ma ormai so che qualsiasi cosa io dica per giustificarmi sarà inutile, così non mi resta altro da fare che dirti tutta la verità ed implorare il tuo improbabile perdono."

Maia, continuando ad osservare il giornale, non trovò la forza di guardarlo in faccia e si chiuse in un doloroso riserbo.

"Il mio nome è Giorgio Betti, sono un agente immobiliare. Il mio capo Andrea Razzi dieci giorni fa nel suo studio di Roma ha acquistato dal vero Samuele Milleri la metà di questa casa, con l'intenzione di farci un albergo e soprattutto con la speranza di trovare nascosto all'interno di essa il diario segreto dello scrittore Albert Grant. Mi ha incaricato di venire qui, spacciandomi per il nipote di Chiara Pizzi, per convincerti a vendergli la tua metà. Ma il mio capo non poteva certo immaginarsi che il suo migliore agente immobiliare si sarebbe innamorato della signorina Antonini."

Maia fece con la testa un movimento impercettibile. Socchiuse le palpebre cercando di trattenere le lacrime.

"Mi dispiace, Maia. E' vero, ti ho mentito, ma ti giuro che non avevo scelta."

Giorgio si alzò di scatto battendo con rabbia i pugni sul tavolo.

"Ma cosa importa ormai! Non è vero? Ti prego, Maia... Devi credermi! In questi giorni passati insieme a te, mi sono sentito felice come mai mi era capitato di esserlo negli ultimi anni. Tutti i momenti meravigliosi che abbiamo condiviso sono stati reali. Quando abbiamo fatto l'amore è stato bellissimo e ti ho stretto tra le mie braccia amandoti con tutto il cuore. Ti giuro, Maia, non l'ho fatto per convincerti a vendere la casa, l'ho fatto semplicemente perché mi sono innamorato di te."

Aspettò in piedi, con le mani appoggiate sul tavolo, una sua risposta, una reazione che non arrivò.

Continuando a rimanere in silenzio Maia si alzò dalla sedia molto lentamente e poggiandosi anche lei con le mani sul tavolo lo fissò con disprezzo. Stare male per amore è come imprecare contro Dio, se lo fai è perché in Lui ci credi.

"Se ne vada immediatamente dalla mia tenuta o sarò costretta a chiamare la polizia."

Giorgio non rispose, con un lungo sospiro prese atto della sua decisione ed uscì dalla cucina scuotendo la testa, ma mentre stava per uscire la voce di Maia lo bloccò.

"Aspetti! Dica al suo capo che io non gli venderò mai la mia metà e che se proverà a minacciarmi, lo denuncerò... E porterò anche lei in tribunale, signor Betti."

Giorgio si voltò a guardarla con dolcezza e sorrise amaramente.

"Va bene. Come vuole signorina Antonini, come vuole. Addio. E' vero questo non è il mio mondo... Il mio mondo sei tu."

Dopo che Giorgio fu uscito dalla cucina, sbattendo la porta dietro di lui, Maia si rimise seduta. Affondò il volto sulle sue braccia incrociate, soffocando i singhiozzi per timore che lui potesse sentirla e tornare indietro.

Il ticchettio improvvisamente divenne più forte. Il conto alla rovescia irreversibile. Cinque, quattro, tre, due, uno... L'esplosione mandò in frantumi la sua già debole ragione. Spazzando via, lontano, le sue ultime, disperate resistenze. Si alzò di scatto e corse verso il bagno. Appena entrata scoppiò in un pianto dirotto. Andò verso il lavabo, aprì il rubinetto dell'acqua fredda cercando di sciacquarsi il viso furiosamente. Quando rialzò la testa, vide il suo volto riflesso nello specchio. Una pena infinita la pervase. Lo struggente disfacimento della sua faccia, congestionata dalle lacrime, che continuavano a scendere copiose, le fece stringere la bocca dello stomaco in un acuto dolore. Il bagno cominciò a girare intorno a lei. Il processo di autodistruzione stava diventando irreversibile. Cosa aveva fatto? Come aveva potuto fare questo a se stessa, al suo cuore... Ancora una volta.

Non avrebbe dovuto permettere che ciò accadesse di nuovo. Gli tornarono alla mente le parole di Pirandello... "Imparerai a tue spese che nel tragitto della vita incontrerai tante maschere e pochi volti."

Ripensò al volto di Samuele! Di Giorgio, o come diavolo si chiamava. Il suo volto, una maschera, quei giorni passati con lei erano stati una recita senza siparo. Luci sempre accese, l'attore stesso uno spettatore sempre attento ad ogni suo errore. E se tutto fosse andato per il verso giusto? Se lei non l'avesse scoperto? Applausi, inchini, un fiore lasciato nel camerino. Sempre in scena in un teatro vuoto. Con un copione da rispettare e un'innamorata da calpestare. Si fissò la mano poggiata sul lavandino, ebbe l'impressione di riuscire a guardarci attraverso. Si stava dissolvendo. Stava diventando impalpabile, come il tremendo dolore fisico che le stava stritolando la mente, il cuore ed il corpo. Già il suo cuore, o quello che ne restava, batteva con un ritmo cadenzato, come il pendolo di un orologio. Esso avrebbe accompagnato, con i suoi tetri rintocchi, l'incedere ormai inutile, di ogni restante giorno della sua esistenza. Senza di lui. Addio giorni felici. Diede di stomaco.

Giorgio Betti prese le sue cose lasciando Bosco Bianco una mattina di metà agosto. Lo fece in silenzio accompagnato dallo sguardo di Maia che, appoggiata allo stipite della porta d'ingresso, l'osservava andare via. Giorgio, a passo svelto, varcò il cancello della tenuta, senza voltarsi mai...
Senza che nessuno gli gridasse di tornare indietro.

Era vero, Giorgio l'amava! L'aveva amata dal primo momento, ormai non poteva farci niente. Aveva vissuto il più possibile quando gli era stato accanto, fotografando nella sua mente, con il cuore, tutti i momenti passati insieme. Ora non gli sarebbe restato altro da fare che sognarla, inventarsi il sapore delle sue labbra e tutte quelle cose che non avrebbe più potuto avere. Non aveva avuto il coraggio di dirle la verità. L'aveva persa, l'aveva persa per sempre. Era stato un vigliacco. E questo non se lo sarebbe mai perdonato per tutto il resto della sua vita. Avrebbe dovuto confessarle la verità, per poi dirle che l'amava, come non aveva mai amato nessuno prima... Lei avrebbe dovuto saperlo.

Maia, guardando la macchina del signor Betti partire, iniziò un soliloquio con la sua coscienza.

'Devi trovare la forza dentro di te... Non permettere alla paura di toglierti la certezza che questa vita meriti di essere vissuta anche solo per vedere un cielo azzurro, o per sentire il vento freddo che ti sfiora e ti fa sentire parte di un mondo che respira con te. Hai ancora talmente tante cose da fare e posti da vedere e gente da incontrare... Non fartelo portare via questo mondo, nemmeno da te stessa... reagisci... ruggisci contro questa cosa brutta che vuole toglierti quello che non le appartiene, che è solo tuo... Cazzo devi ringhiarle contro... Ce la puoi fare... un sorriso come il tuo può sconfiggere qualsiasi male... sorridi... sorridile contro. Tu sei la tua migliore amica... Devi lottare per te... per tutto il bello che ti aspetta... devi essere incazzata... Arrabbiati... combatti... adesso spogliati, fatti una doccia calda... accarezza il tuo corpo sotto l'acqua... lascia che tutto il brutto venga inghiottito dallo scarico... tocca la tua pelle e promettile che ti prenderai cura di lei... Lavati i capelli... Fatti bella... anzi tu sei già bella... togli solo il grigio... ce la puoi fare... ne sono certa... Ma fallo ora... Io ti aspetto qui'

CAPITOLO XII

Come fai a non innamorarti di me? Sono come la cioccolata.

(Ufficiale e gentiluomo)

Bosco Bianco senza di lui era terribilmente vuota e, come se non bastasse, quella sera il solito temporale estivo peggiorava decisamente le cose, rendendola anche molto triste.

Da quando Giorgio se ne era andato Maia non faceva altro che passare gran parte delle sue giornate a vagare per la casa. Perché per perdersi non serve un posto, basta una persona.

I posti dove lei ed il finto Samuele Milleri avevano condiviso quegli splendidi momenti d'amore, ora erano divenuti penosi echi del cuore.

La sindrome dell'arto fantasma, a volte questa definizione può andare bene anche per i sentimenti. Infatti quando perdi una persona che ami continui a percepire il dolore nel vuoto per gran parte delle tue giornate, ad avere la sensazione di poterne sfiorare la pelle con le dita ogni volta che lo desideri. Ci sono momenti in cui ti svegli e hai la convinzione di poterti alzare dal letto poggiando entrambe le gambe sul pavimento, o allargare le braccia per stringere forte qualcuno al tuo cuore. E invece finisci per terra, o con l'aria che semplicemente si sposta mossa da te. Però, malgrado ciò, quando sarai sdraiato a letto coperto da un lenzuolo o t'infilerai una camicia, avrai sempre l'impressione, magari per una frazione di secondo, che non ti manchi niente... Perché che ci sia o non ci sia, lei o lui, resterà sempre una parte di te...

Aveva provato ad odiarlo, fingendo che quella settimana passata a Bosco Bianco fosse stata una delle peggiori della sua vita.

Aveva provato a detestarlo, accusandolo di aver frantumato il suo sogno di poter vivere finalmente accanto ad un uomo capace d'amarla senza pretendere in cambio nient'altro che il suo amore.

Da quando era andato via passava le sue giornate a cercare di convincersi che di bello lui avesse solo i capelli, gli occhi, le mani, la bocca, il corpo, il sorriso, la voce, il respiro, il battito del cuore, la tua anima e nient'altro...

Alla fine tutti i suoi tentativi erano risultati inutili, perché per quanto si sforzasse di dipingerlo come un mostro, nella sua mente ciò era impossibile.

Il male che Giorgio le aveva fatto s'infrangeva contro il ricordo delle sue carezze, dei suoi baci, dei suoi sguardi penetranti, del ballo improvvisato ad un incrocio illuminato dai fari delle auto.

Purtroppo tutto questo avrebbe reso il rimpianto di lui incancellabile, e tutte le cose fatte per dimenticarlo ineluttabili illusioni.

Sarebbe bello se potessimo scegliere noi anche per il cuore di qualcun altro... Ma purtroppo non è così... E allora forse dobbiamo smettere di fare dell'amore il nostro scopo nella vita e godersela semplicemente per le cose belle che essa ci offre...Tanto la verità è che l'amore non si cerca, se gli va ci trova lui...

Alcune volte la rabbia prendeva il sopravvento. In uno di questi attimi, una mattina aveva distrutto un intero servizio da tè di costosissima porcellana.

Lo aveva scagliato furiosamente pezzo dopo pezzo contro una parete della sala da pranzo, per poi mettersi carponi a raccoglierne i cocci sparsi sul pavimento.

Subito dopo si era rifugiata in una delle verande al piano superiore ad abbracciare un maglione di lana, fissando il mare seduta sulla sedia a dondolo. Lì, piangendo senza ritegno, aveva consumato una quantità industriale di Kleenex.

Alla fine forse è meglio pensare che lui non fosse mai esistito, che fosse stato solo uno di quei sogni bellissimi da cui ti svegli sempre troppo presto, forse sarebbe riuscita a godersi meglio la vita pensando che cose così belle, nella realtà non succedono mai.

Passerà, prima o poi passerà, quando non ci saranno più canzoni d'amore alla radio, quando non faranno più film d'amore e quando non scriveranno più romanzi d'amore.

Quella sera le gocce di pioggia che battevano con grande intensità sui vetri della finestra le impedivano di guardare fuori.

I lampi che saettavano sopra l'inerme boschetto di querce rendevano l'intera tenuta assai sinistra.

La paura che qualche scagnozzo del signor Razzi potesse approfittare di quella notte tempestosa per bussare alla sua porta la convinse a scendere in biblioteca per cercare qualcosa d'interessante da leggere e che magari sarebbe riuscito a rilassarla un po'.

Anche perché quando ti rendi conto che l'incubo che stai vivendo non dipende da un sonno agitato, l'unica cosa da fare è provare a chiudere gli occhi... Magari ti addormenti. La notte. Il buio. La foschia. Il silenzio... un Bosco Bianco.

In quella stessa stanza, tanti anni prima, un uomo pianse il suo disperato amore.

Dovrei paragonarti a un giorno d'estate?

Tu sei più amabile e più tranquillo.

Impetuosi venti scuotono le tenere gemme di Maggio,

E il corso dell'estate ha fin troppo presto una fine.

Talvolta troppo caldo splende l'occhio del cielo,

E spesso la sua pelle dorata s'oscura;

E ogni cosa bella la bellezza talora declina,

spogliata per caso o per il mutevole corso della natura.

Ma la tua eterna estate non dovrà svanire,

Né perder la bellezza che possiedi,

Né dovrà la morte farsi vanto che tu vaghi nella sua ombra,

Quando in eterni versi nel tempo tu crescerai:

Finché uomini respireranno o occhi potran vedere,

Queste parole vivranno, e daranno vita a te.

(William Shakespeare - Sonetto 118)

L'autunno arrivò presto, mutando tutti i colori della natura intorno alla capitale d'Italia.

Il suo passaggio accompagnato da un vento tiepido, rese Roma molto più tenue.

Il marrone, il verde scuro ed un giallo pallido divennero i protagonisti assoluti della città.

I vestiti leggeri venivano riposti per prepararsi all'arrivo di una nuova stagione fatta di caldi abbracci, di bevande bollenti, di coperte più spesse, necessarie a coprire gli amori intirizziti dal giovane fresco notturno.

La voce della segretaria proveniente dall'interfono gli annunciò che la signorina Maia Antonini aspettava di essere ricevuta.

Sul volto di Andrea Razzi si disegnò un ghigno di soddisfazione; alla fine aveva vinto, come sempre del resto.

"Va bene, Teresa, falla entrare e intanto prepara un contratto come quello che abbiamo fatto firmare al signor Milleri. Ovviamente basterà sostituire il nome."

"Certo, lo preparo immediatamente. Mi scusi, devo anche avvertire il suo notaio di tenersi pronto a ratificare il contratto?"

"Sì, chiamalo subito."

Approfittando di quel settembre insolitamente freddo aveva preferito indossare quel bellissimo tailleur avorio, dono del suo ex marito, un abito perfetto per quell'incontro.

La sua scelta era caduta su quel capo estremamente classico soprattutto perché, con un abbigliamento casual, la ventiquattrore che teneva in mano avrebbe dato troppo nell'occhio.

Seduta nel taxi che la stava portando dal proprietario dell'agenzia immobiliare più importante d'Italia, tornò con la mente alla sera in cui l'aveva trovato.

L'idea di Albert Grant si era rivelata geniale e il fatto che tante persone l'avessero sempre avuto sotto gli occhi senza accorgersene mai, ne era la riprova.

Forse il destino aveva fatto sì che nessuno prima di lei avesse sentito il bisogno di leggere quel consunto libro dei sonetti di Shakespeare, anonimo volume riposto in uno scaffale della vasta biblioteca di Chiara Pizzi.

L'interno del libro originale era stato intagliato accuratamente e, nello spazio prima occupato dalle pagine stampate, era stato collocato quel libricino dalla copertina grigia con sopra stampate le iniziali del suo nome e cognome.

Intenzionata a sfogliarlo, credendo di trovare conforto negli splendidi versi del drammaturgo inglese, era rimasta disorientata.

Non appena l'ebbe aperto, quella calligrafia pulita ed ordinata, evidenziata da un nerissimo inchiostro di china, era apparsa ai suoi occhi in tutta la sua chiarezza.

Lo lesse avidamente, tutto d'un fiato ed alla fine, con il sole che sorgeva spazzando via le nubi grigie di quella piovosa notte, se lo strinse al petto, piangendo per la sorte di quell'uomo tanto grande, quanto infelice.

La firma alla fine di ogni pagina non le lasciò alcun dubbio sull'autore del manoscritto.

Sono un piccolo specchio d'acqua dove hanno gettato un sasso.
I cerchi concentrici si espandono dentro di me fino a sparire del tutto
ed ora la mia superficie non sarà più calma e piatta.
Dall'alba al tramonto di ogni nuovo giorno, ora scruto la riva
aspettandoti, e non faccio che sognare il tuo ritorno e un altro sasso.
E fino a quando la mia acqua non mi costringerà ad ingoiare la riva
che mi circonda io non rinuncerò a sperare, perché tanto ormai, la
mia superficie non potrà più essere calma e piatta.

Albert Grant

CAPITOLO XIII

L'amore è un salto nel buio...Ahimè non ho mai avuto l'ispirazione per lanciarmi.

(Kate&Leopold)

Le era costato separarsene, ma non aveva avuto altra scelta. L'aveva venduto ad un collezionista americano multimilionario, con cui aveva preso contatto grazie all'intercessione di un suo amico che lavorava presso la casa d'aste Sotherby's.

Quel giorno aveva sentito crescere in lei la speranza di poter realmente tenere Bosco Bianco.

Camminando a passo svelto verso l'ufficio del signor Razzi con i soldi chiusi dentro la sua valigetta di pelle nera cercò di trovare in sé stessa la forza ed il coraggio per affrontare quel momento di così grande importanza.

Era certa che Chiara Pizzi non avrebbe mai voluto che la sua adorata casa finisse nelle mani di un uomo infido e senza scrupoli ed era convinta che lei non ci avrebbe pensato un attimo a sacrificare il diario per salvare la tenuta.

Fece il suo ingresso nella stanza chiedendo permesso; lo trovò in piedi che l'attendeva davanti alla finestra.

"La prego, signorina Antonini, si accomodi pure."

Maia si mise seduta senza staccare mai lo sguardo da quell'uomo che odiava dal profondo del cuore e di cui non si sarebbe mai fidata.

Sapeva che dietro quei suoi modi gentili, da persona per bene, si celava invece un arrivista disposto a tutto pur di raggiungere i suoi obiettivi.

"La ringrazio, signor Razzi."

"Le giuro, signorina, che lei era l'ultima persona che mi aspettavo di vedere nel mio ufficio. Evidentemente ho fatto bene a lasciarle un po' di tempo per riflettere su quale fosse la cosa giusta da fare."

Maia sfiorò la ventiquattrore poggiata sulle sue ginocchia, fissando il suo interlocutore con disprezzo.

"Già, è stato veramente gentile da parte sua concedermi il tempo necessario."

Andrea Razzi tirò fuori da un cofanetto un enorme sigaro e lo liberò dall'involucro di carta.

"Le dispiace se fumo?"

"Sì, molto."

Ripose il sigaro nel cofanetto con un sorriso concedente, ma non riuscì a nascondere il disappunto che quella risposta gli aveva provocato.

"Bene, allora veniamo al dunque. Immagino che lei sia qui per vendermi la sua metà di Bosco Bianco. Devo dire che la tempestività della sua decisione mi colpisce. Ero sicuro che la sua ostinazione sarebbe durata molto più a lungo."

A quelle parole gli occhi di Maia brillarono di una luce diversa. Egli notò quel cambiamento nello sguardo di lei tanto da rimanerne intimidito. Il tono che usò Maia fu secco e deciso, le sue parole perentorie.

Con un movimento studiatamente lento mise la valigetta sulla scrivania.

"Ha ragione, signor Razzi, riguardo alla mia ostinazione, essa non durerà a lungo... sarà eterna. Sono qui per comprare la sua metà di Bosco Bianco e sappia che non accetterò un rifiuto."

La sonora risata di Andrea Razzi non durò a lungo, essa si spense quasi subito dinanzi al volto estremamente serio della signorina Antonini che posò, quasi fosse apparsa dal nulla, quella valigetta davanti a lui.

Lo scatto della chiusura che si apriva risuonò nella stanza. Ogni gesto era un colpo di teatro teso a stordire il pubblico.

"Signorina, io non so che cosa lei abbia in mente, ma qualsiasi cosa sia, le ricordo che per acquistare la mia metà della tenuta non basteranno pochi spiccioli. Quindi la prego di non farmi perdere tempo, ho altri affari da concludere, molto più importanti di questo."

Maia concluse la sua rappresentazione come un vero mago che si rispetti, ossia lasciando per ultimo il suo numero migliore.

Fu così che, dopo averla aperta, girò la ventiquattrore verso Andrea Razzi lasciando che lui si potesse specchiare nella sua sconfitta.

"Qui ci sono i soldi equivalenti al doppio del denaro che lei ha versato al signor Milleri. Ovviamente sto parlando del vero Samuele Milleri."

La bocca gli si aprì per un riflesso incondizionato. Anche se lui era un ricchissimo uomo d'affari, la vista di tutto quel denaro lo lasciò senza parole.

La sua improvvisa difficoltà ad articolare una frase di senso compiuto lasciò intendere che oramai la scrittrice di favole per bambini gli aveva inferto il colpo decisivo.

Con un ultimo impeto d'orgoglio cercò di aggrapparsi alle corde per rimettersi in piedi.

"Io... non ho bisogno... dei suoi soldi... signorina."

Maia non si scompose e con un pizzico di furore femminista gli inferse, metaforicamente parlando, un bel calcio in mezzo alle gambe.

"So bene che un uomo ricco come lei non ha bisogno dei miei soldi, ma so anche che alla fine dell'inverno ci saranno le elezioni per la carica di sindaco di questa città. Sono sicura che lei non desidera che i suoi potenziali elettori sappiano che un uomo processato per truffa aggravata ai danni di una povera scrittrice di favole per bambini si presenti come candidato ad un posto di tale responsabilità."

Una ruga si formò in mezzo alla fronte di Andrea Razzi e il rosso che gli imporporò la faccia era un chiaro segno di malcelata sofferenza.

"Mi sta forse minacciando?"

"Sì, e se lei non accetterà subito la mia offerta il mio avvocato la porterà in tribunale e chiamerà a deporre contro di lei sia il signor Milleri che Giorgio Betti. E si ricordi che io ero una giornalista della Rai."

Quando le porte a vetro si spalancarono e lei sentì l'aria fresca accarezzarle le guance non poté fare a meno di socchiudere per un breve, ma intensissimo istante le palpebre. Assaporò con gioia quell' impalpabile tocco naturale sul suo volto.

Succede così... arriva un bel giorno in cui ti ritrovi davanti al tuo nemico e non ti serve un fiume, la pazienza o la sua riva su cui stare seduto. Tu non hai voglia di aspettare che passi il suo cadavere. Tu non sei un cinese paziente. Tu vuoi guardarlo negli occhi quando lo sconfiggi, lo vuoi vivo. Per questo ti alzi in piedi e non aspetti, no, tu entri nel fiume tutto vestito e nuoti controcorrente per raggiungerlo, per regolare i conti con lui il prima possibile... Una volta per tutte.

La ventiquattrore che continuava a tenere stretta nella mano, al suo interno non conteneva più quella spropositata quantità di denaro, ma celava qualcosa di molto più prezioso: il contratto che faceva di lei a tutti gli effetti la sola ed unica proprietaria di Bosco Bianco.
Istintivamente alzò gli occhi al cielo sorridendo a quella simpatica signora che lassù adesso era sicuramente felice quanto lei.

"Adesso che l'affare è concluso, mi dica la verità, dove ha trovato tutti quei soldi?"
"Vede, signor Razzi, per me è stato un anno molto fortunato. Dopo l'eredità di Chiara Pizzi è arrivata anche quella di un mio carissimo zio americano. Lui, nel suo testamento, mi ha scelto come sua unica erede. La sorte ha voluto che fosse molto ricco. Tutto qui."
"Un'ultima cosa, quando avrà finito i soldi, con che vi manterrete lei e Giorgio? Mi sembra incredibile che lui possa aver rinunciato ad una luminosa carriera al mio fianco solo per amor suo. Eventualità che non avevo assolutamente previsto quando decisi di mandarlo a Bosco Bianco..."

CAPITOLO XIV

E' che quando decidi che vuoi passare il resto della tua vita con qualcuno speri che
il resto della tua vita cominci il prima possibile.

(Harry ti presento Sally)

Subito dopo il loro ritorno da Disneyland Giorgio aveva riaccompagnato le ragazze dalla sua ex moglie.

Lasciarle era stata per lui un'enorme sofferenza, ed i loro abbracci affettuosi avevano complicato notevolmente la cosa.

Lo sforzo che aveva sostenuto per non piangere era stato durissimo, come quello di tornare a casa senza di loro e ritrovarsi solo ancora una volta.

Le bellissime giornate passate insieme alle sue figlie in giro per il parco giochi erano riuscite a mitigare in parte la nostalgia di Maia.

Quei sorrisi spensierati erano stati per il suo cuore malato una specie di balsamo.

Le grida di gioia unite a quelle occhiate sognanti, che da ogni giostra esse gli rivolgevano, erano riuscite in quella settimana a far crescere in lui il desiderio di provare ad aggrapparsi a quel filo invisibile chiamato speranza. Solo una sera, dopo essere tornati in albergo esausti e mentre la piccola Gaia già dormiva, sua figlia più grande, seduta accanto a lui sul letto matrimoniale a guardare un tristissimo film d'amore, tenendo gli occhi lucidi fissi sul televisore, gli aveva allungato un foglio preso dalla tasca del pigiama.

"Mentre eravamo da nonna, ho conosciuto un ragazzo, in realtà l'ho incontrato in riva al mare il giorno che siamo arrivati. Anche lui era lì in vacanza con i suoi genitori. Vive a Monaco di Baviera. Abbiamo passato un sacco di tempo insieme. Tutte le sere mi aspettava seduto sulle scale della piazza del paese, quando nonna ci portava a prendere il gelato. La sera prima che tu ci venissi a riprendere, ci siamo baciati, pur sapendo che quella probabilmente sarebbe stata l'ultima volta che ci saremmo visti. Su questo foglio ho scritto un piccolo pensiero.

Glielo voglio spedire insieme ad una mia fotografia per fargli capire che ricorderò ogni fotogramma dei momenti passati insieme a lui e che il mio primo bacio non lo dimenticherò mai."

Giorgio, senza dire nulla, aveva preso il foglietto e aveva iniziato a leggere…

- Il destino agisce e l'amore fa il resto ciò è dimostrato dal fatto che, quando io arrivai in quel posto, lontano migliaia di chilometri da casa, trovai te ad aspettarmi. Ora so che in quel mondo chiamato amore c'è un posticino anche per me... In cui tu non potevi ancora saperlo, c'erano racchiusi tutti i miei sogni... Che ora, giorno, dopo giorno, cercherò di realizzare... Anche senza di te. -

Giorgio finito di leggere, con gli occhi umidi, si strofinò la punta del naso con il dorso del dito, come faceva sempre quando cercava di nascondere la commozione davanti agli altri.

Sua figlia, mentre riprendeva il biglietto dalle sue mani, riponendolo nella tasca del pigiama con un sorriso, gli fece una domanda inaspettata.

"Ti hanno mai spezzato il cuore papà?"

"Sì."

"Quando?"

"Tutte le volte che ci penso…"

Qualche minuto dopo, seduto da solo fuori al balcone della camera, girottolando sul web con il suo telefono, si era imbattuto su una pagina dedicata alle poesie d'amore. Ne aveva letta qualcuna, ma leggerle gli aveva fatto più male che bene.

Spento il telefono Giorgio si prese la testa fra le mani. Stanche di nascondersi, le lacrime iniziarono a scendere giù lente, inesorabili, una dopo l'altra. Quel pianto sommesso bagnò le sue guance. Ancora una volta era costretto a decidere del suo futuro in pochissimo tempo. Il dubbio amletico rimbalzava dentro di lui come una pallina da tennis. Cuore, testa, testa, cuore.

Il dilemma di tutte le vite. I romanzi di Jane Austen, ragione e sentimento, orgoglio e pregiudizio... Persuasione. Romanzi, poesie... Auden. Già, Wistan Auden, il suo poeta preferito. Tornò lucido per un attimo, asciugandosi le lacrime con la manica della camicia. Tirò su con il naso, lo faceva sempre dopo aver pianto, fin da quando era bambino. Il primo libro di poesie di Wistan Auden gliel'aveva regalato suo padre, un uomo molto pratico, ma con degli slanci di romanticismo e sensibilità sorprendenti. Leggere quelle poesie l'aveva aiutato spesso nei momenti di sconforto. Secondo lui avevano qualcosa di magico. Forse proprio perché gliel'aveva regalate suo padre, poco prima di morire.

Quanto gli sarebbe servito in quel momento averlo vicino. Era stato difficile, molto difficile, imparare a fare a meno di lui. Del suo affetto, dei suoi consigli. Più che un padre l'aveva sempre considerato un amico. Anche perché Giorgio non ne aveva mai avuti. Non riusciva a fidarsi di nessuno. Da quando suo padre era volato in cielo, in una calda giornata d'estate, le sue paure, le sue ansie, i suoi problemi, erano diventati cose da condividere solo con se stesso... E un po' con sua madre. Chiuse il libro dei ricordi trattenendo le lacrime. Non voleva piangere di nuovo. Era stanco di piangere e commiserarsi. Si vergognò di se stesso, mordendosi il labbro per resistere. Sua figlia era giovane, avrebbe avuto tantissime altre occasioni per vivere l'amore della propria vita. Lui no, Giorgio sapeva che Maia sarebbe stata la sua ultima chance.

Perché saper far sentire speciale qualcuno non è una capacità o un pregio, è un modo diverso di ascoltare, di guardare, un dono naturale... E se trovi una persona così, devi fare tutto il possibile per non perderla, perché queste fortune non capitano mai due volte nella stessa vita...

La verità, vi prego, sull'amore

Dicono alcuni che amore è un bambino
e alcuni che è un uccello,
alcuni che manda avanti il mondo
e alcuni che è un'assurdità
e quando ho domandato al mio vicino,
che aveva tutta l'aria di sapere,
sua moglie si è seccata e ha detto che
non era il caso, no.

Assomiglia a una coppia di pigiami
o al salame dove non c'è da bere?
Per l'odore può ricordare i lama
o avrà un profumo consolante?
È pungente a toccarlo, come un prugno
o è lieve come morbido piumino?
È tagliente o ben lischio lungo gli orli?
La verità, vi prego, sull'amore.

I manuali di storia ce ne parlano
in qualche noticina misteriosa,
ma è un argomento assai comune
a bordo delle navi da crociera;
ho trovato che vi si accenna nelle
cronache dei suicidi
e l'ho visto persino scribacchiato
sul retro degli orari ferroviari.

Ha il latrato di un alsaziano a dieta

o il bum-bum di una banda militare?

Si può farne una buona imitazione

su una sega o uno Steinway da concerto?

Quando canta alle este è un finimondo?

Apprezzerà soltanto roba classica?

Smetterà se si vuole un po' di pace?

La verità grave, vi prego, sull'amore.

Sono andato a guardare nel bersò

lì non c'era mai stato;

ho esportato il Tamigi a Maidenhead,

e poi l'aria balsamica di Brighton.

Non so che cosa mi cantasse il merlo,

o che cosa dicesse il tulipano,

ma non era nascosto nel pollaio

e non era nemmeno sotto il letto.

Sa fare delle smorfie straordinarie?

Sull'altalena soffre di vertigini?

Passerà tutto il suo tempo alle corse

o strimpellando corde sbrindellate?

Avrà idee personali sul denaro?

È un buon patriota o mica tanto?

Ne racconta di allegre, anche se spinte?

La verità, vi prego, sull'amore.

Quando viene, verrà senza avvisare,

proprio mentre sto frugando il naso?

Busserà la mattina alla mia porta

o là sul bus mi pesterà un piede?

Accedrà come quando cambia il tempo?

Sarà cortese o spiccio il suo saluto?

Darà una svolta a tutta la mia vita?

La verità, vi prego, sull'amore.

(Wistan Hugh Auden)

Giorgio decise di andare a trovare sua madre, era tanto che non trascorreva un po' di tempo solo con lei.

Sicuramente passare qualche giorno in tranquillità l'avrebbe aiutato a riordinare le idee.

La signora Betti vide arrivare suo figlio mentre era in giardino a prendersi cura delle piante. Intuì immediatamente che il suo ritorno a Bisceglie non era dovuto solo alla voglia di rivederla. Con estrema delicatezza lo accolse nella sua casa, senza fare domande.

Voleva che fosse lui a raccontarle ogni cosa, liberamente e, soprattutto, quando si fosse sentito pronto.

Una sera Giorgio era seduto sotto il patio e sorseggiava una tazza di caffè bollente, sua madre lo raggiunse e, accarezzandogli la testa, gli sedette accanto.

"Tutto a posto, caro?"

"No, mamma, non è tutto a posto."

"Problemi con le ragazze?"

"No, con le ragazze è tutto ok, anche se mi odiano perché avrebbero voluto restare a Disneyland altri due anni."

"Presto si accorgeranno che il mondo reale non è così bello e spensierato."

"Penso che sia proprio perché lo sanno già, che avrebbero voluto restare lì."

Giorgio finì di bere il suo caffè e fece per alzarsi, ma sua madre lo fermò mettendogli una mano sul braccio.

"Stai qui con me ancora un po', la serata è così bella e poi guardandoti mi sembra di essere tornata indietro nel tempo quando passavo le serate a parlare con tuo padre, qui nel patio."

Giorgio le prese la mano portandosela alla guancia. Chiuse gli occhi inspirando profondamente. Sua madre mise anche l'altra mano sul suo volto stringendolo al petto, lui la lasciò fare abbandonando la testa su di lei.

"Ti manca tanto non è vero?"

"Mio padre?"

"No, la donna di cui ti sei innamorato. Figlio mio, anche se ti capiterà di prendere la strada sbagliata, ricordati sempre che quella giusta non si cancella, né si sposta, ma resta lì ad aspettarti. Lo sai? Quando tu non c'eri ho visto con le bimbe una di quelle commedie romantiche che a loro piacciono tanto. Il protagonista della storia era un astrofisico e diceva che le comete non si perdono, perché prima o poi esse tornano in orbita, e così ci rendiamo conto di non averle perse e le ritroviamo di nuovo. Forse è vero, anzi lo è sicuramente. Lontano dagli occhi, lontano dal cuore. Beh! No, sicuramente no, perché quando non vedi una persona che ami, lei non si allontana da te, ti sta più vicina, perché nel cuore ci è finita dentro dal momento che ti sei innamorato di lei e nessuno, nemmeno la distanza più lunga riuscirà a tirarla fuori da lì… Dovrai solo aspettare che lei ritorni nella tua orbita, solo allora capirai di non averla persa e la ritroverai di nuovo."

Giorgio si rimise seduto e riprese la tazza di caffè ormai vuota, ma ancora capace di emanare calore.

Iniziò così a raccontarle tutto senza tralasciare alcun dettaglio. Le raccontò di come si erano conosciuti, di quanto si fossero amati, di quanto fosse bella, di quanto lei fosse perfetta per Bosco Bianco, di quanto fosse perfetta per lui.

Fino alla fine, fino a quando lei aveva scoperto la verità poco prima che le confessasse ogni cosa, prima che potesse dirle quanto l'amava.

Alla fine sua madre aveva sorriso dandogli un altro po' di caffè. Giorgio era rimasto sorpreso ancora una volta dai suoi modi semplici. Era sempre stato così: ogni suo gesto un significato, mille parole sostituite da una semplice tazza di caffè accompagnata da un sorriso.

Quella sera fu per lui di enorme conforto. Anche l'ultima paura, quella che lei lo rimproverasse per essersi licenziato senza pensare alle ripercussioni che un gesto così potesse avere sulla sua vita e soprattutto su quella delle sue figlie, si era dissolta di fronte alla felicità di sua madre nel sapere che suo figlio non avrebbe più avuto niente a che fare con quell'uomo che a lei non era mai piaciuto.

Giorgio passò qualche altro giorno a Bisceglie fino a che, una mattina, decise che per lui era giunto il momento di tornare a Roma.

Il pensiero che il suo ex capo potesse fare del male a Maia iniziò a farsi largo nella sua mente.

Poco prima di partire, sua madre lo prese da una parte e gli disse...

"Lo sai la canzone preferita mia e di tuo padre, la nostra canzone era, anzi è 'Io che ho amato solo te'. Sergio Endrigo diceva che ci sono tante persone che hanno mille cose, che amano mille donne, che hanno tutto il bene e tutto il male del mondo e che si perdono per le sue strade. Poi ci sono uomini come te, che nel cuore e nella testa hanno solo una donna, che amano solo lei e non la vogliono perdere, non la vogliono lasciare per cercare nuove avventure o nuove illusioni. E che non chiedono altro che fermarsi per regalare a questa donna ciò che resta della loro vita. Quindi vai a fare questo bellissimo regalo. Perché nella vita, come in amore, ognuno è quello che vuole essere. E poi sai una cosa? Mi piacerebbe tanto conoscere questa donna che mi ha fatto diventare amore 2."

Scoppiarono entrambi a ridere e si abbracciarono stretti.

Giunto di nuovo a casa, prese a correre ogni mattina per oltre dieci chilometri col pretesto di tenersi in forma. Il vero motivo per cui incominciò a farlo era che il jogging l'avrebbe aiutato a far passare due ore di quelle inutili giornate.

La sua mancanza era subdola e ostinata, perché poteva assumere diverse forme e sfumature, perché si nascondeva e l'aggrediva quando era solo e senza difese, perché mentre rimaneva in attesa gettava un'ombra sulle sue giornate e tormentava le sue notti. Giorgio sapeva che ci sarebbe voluto tempo, sapeva che non sarebbe stato facile, ma soprattutto era certo che prima o poi si sarebbe dato pace, e che magari avrebbe trovato una piccola luce in fondo al tunnel che gli avrebbe dato la forza di andare avanti passo dopo passo. Perché l'unica sua salvezza, forse, sarebbe stato rassegnarsi all'idea che non poteva aspettarla all'infinito... Perché spesso in amore c'è chi dice sempre: "Io ci metto il cuore!" E chi non dice niente e il cuore ce lo lascia...

Quel pomeriggio corse solo per cinque miglia, doveva sbrigarsi a tornare a casa visto che aspettava una telefonata da un'agenzia immobiliare di Roma.

Pochi giorni prima aveva letto sul giornale che cercavano gente qualificata per un posto rimasto vacante.

Non appena ebbe mandato via fax il suo curriculum, il direttore in persona lo contattò pensando ad uno scherzo. Infatti sembrava assurdo che il braccio destro di Andrea Razzi si accontentasse di lavorare per una piccola agenzia immobiliare.

Giorgio gli spiegò che aveva bisogno di quel posto perché per gravi problemi personali aveva dovuto lasciare l'agenzia del signor Razzi per un lavoro meno impegnativo.

Aprendo la porta di casa si rese conto che dalla cassetta delle lettere sbucava un'enorme busta gialla.

Dopo averla presa, entrò e si diresse in bagno per farsi una doccia. Notò che stranamente la missiva era priva di mittente e che qualcosa all'interno di essa, qualcosa di metallico, si spostava da una parte all'altra.

Si asciugò con una salvietta la fronte grondante di sudore, poi finalmente si decise ad aprirla. Con sua grande meraviglia vi trovò una chiave...

Nel riconoscerla trasalì, provando un tuffo al cuore, in preda all'ansia strappò la busta per tirarla subito fuori. Si accorse così del biglietto legato alla sua estremità.

Lo slegò leggendone con trepidazione il contenuto...

'Il camino è acceso, la cena è pronta, entra. Manchi solo tu.'

Maia

L'amore non finisce se non le scrivi, se non la senti, se non la vedi, sarebbe troppo facile. L'amore non è un interruttore, un rubinetto, un armadio con le ante scorrevoli. L'amore non si fa assumere a tempo determinato, l'amore non si piega, l'amore non si spezza, l'amore non lavora a progetto, non ha un responsabile, non è colpa di nessuno, non ha colpe. L'amore non si prende nella stagione dei saldi, non si riporta indietro se è scucito, non si prende in un negozio dell'usato, non si chiude come un conto in banca, non si prende in affitto, non trasloca. L'amore non si stanca, né fatica, non tenta la fortuna, non scommette. L'amore il destino se lo crea, l'amore non si nota, l'amore non ci sta...

L'amore non è peccato, non è una malafemmina, non è un romanzo, non è criminale, non è una persona, l'amore sono due, che si fondono insieme e restano così per sempre. Perché da me non potrai avere sempre tutto, ma è certo che il mio cuore non smetterà mai di darti tanto...

Aveva iniziato a girare sul web, alla ricerca di pagine, siti, blog dedicati all'amore. Cercava conforto nelle parole di altri, cercava condivisione, comparazione, compensazione, cercava soddisfazione, quella soddisfazione dovuta al mal comune mezzo gaudio, scoprendo che l'amore è uno dei mali in comune più frequenti. Alla fine aveva trovato un brano e leggendolo aveva capito che invece la sua vita senza di Maia non sarebbe andata da nessuna parte... Che il carrozzone a volte si ferma ad aspettare o per tornare indietro e che a Renato in amore aveva voglia di dargli uno zero.

'Sai? Improvvisamente mi sono accorto che per te non piango più. Prima mi capitava spesso, bastava una canzone, un film, un profumo, un maglione. Una volta ho iniziato a piangere mentre mangiavo un cornetto alla Nutella, perché mi ha fatto ricordare che tu ne andavi matta. Ed ora è un po' come se mi mancasse qualche cosa, mi sento perfino in colpa. Perché nella mia mente bacata, nasce l'idea che non spendendo per te nemmeno più una lacrima io ti stia facendo un torto, o meglio lo stia facendo all'amore che provavo per te. E quasi disorientato da questi occhi asciutti mi chiedo confuso se possa essere davvero possibile che abbia smesso di amarti. Anche perché prima il solo pensiero di te ero convinto mi aiutasse perfino a respirare meglio. Vuoi vedere che adesso, da qualche parte, mi sono uscite una specie di branchie che mi fanno respirare anche sott'acqua? La verità è che purtroppo davvero per te non piango più. E la cosa bella è che ho scritto anche purtroppo, come se non piangere di dolore sia diventata una cosa brutta, che non si fa.

Ce lo vedi il mio cuore in punizione dietro la lavagna? Cavolo, ma pensa te, ora la tua mancanza riesce a strapparmi anche un sorriso. Chi l'avrebbe mai detto. Per assurdo sembro più scemo adesso che prima quand'ero disperato.

Comunque per farla breve, perché pare che i pensieri lunghi non li legga nessuno. Sì pare che la gente si stufi a leggere troppe parole tutte in una volta. Insomma dicevo, per farla breve... Per te non piango più, ma tranquilla, questo non vuol dire che ti abbia dimenticato. Vuol dire che finalmente ho capito che come canta Renato, la mia vita va avanti da sé, anzi, va avanti anche senza di te...'

CAPITOLO XV

Michael scegli me. Sposa me. Lascia che ti renda felice. Oh così sembrano tre favori, vero?

(Il matrimonio del mio migliore amico)

Arrivò davanti al cancello della tenuta nel primo pomeriggio. Scendendo dall'auto osservò come l'autunno fosse giunto molto prima di lui. Quasi tutti gli alberi e le piante di Bosco Bianco, infatti, avevano iniziato a perdere le foglie. Alcune, di un giallo splendente, planarono sospinte da una leggera brezza, finendo il loro volo solitario ai suoi piedi.

Era passato quasi un mese da quando aveva varcato quel cancello pensando di non potervi tornare mai più.

Ora si trovava di nuovo lì, davanti a quella casa meravigliosa. Per la prima volta si chiese perché l'avessero chiamata Bosco Bianco, ma scrutando tra i rami, oramai quasi del tutto spogli, si accorse che per un effetto ottico il bianco della casa sembrava sostituire il verde delle foglie, creando insieme ai rami un bellissimo ed insolito bosco di colore bianco, a cui neanche le intemperanze delle stagioni avrebbero potuto togliere la sua secolare lucentezza.

Maia l'aspettava seduta nel gazebo e, quando Giorgio si avvicinò, udì i suoi passi sull'erba del giardino. Sorrise senza alzare lo sguardo, intenta a finire quello che stava facendo.

Giorgio, come al solito, rimase ad osservarla appoggiato ad una delle colonne del gazebo, e pensò che era vero che le cose che ti potrebbero fare male sono sempre le più buone.

"Ciao."

"Ciao, Giorgio."

Era così bello sentirle pronunciare quel nome.

"Ti prego, dillo ancora."

"Cosa?"

"Ciao, Giorgio!"

Maia finalmente alzò il viso verso di lui incrociando i suoi occhi.

"Ciao, Giorgio"

Lui le sedette vicino non prima però di averle accarezzato una spalla.

"Che stai facendo?"

Centinaia di piccole perle colorate erano sparse sul tavolinetto e Maia era tutta intenta a scegliere le più belle per infilarle in sottilissimi fili trasparenti.

"Non lo vedi? Sto facendo dei bracciali e delle collanine per le tue figlie. Io ho sempre adorato queste cose colorate e spero che piaceranno anche a loro. Credo che portarle renda più allegri."

Giorgio le tolse l'ultima delle sue creazioni interrompendo il suo lavoro.

"Ho passato tutti questi giorni lontano da te a chiedermi se ogni tanto ti chiedessi come stavo. Perché mi hai fatto venire qui?"

Maia lo fissò intensamente prendendogli le mani.

"Perché questa è casa nostra... Se tu vuoi."

Giorgio abbassò lo sguardo e sul suo volto apparve un'espressione di rammarico.

"No, questa è casa tua e del signor Razzi."

A quelle parole Maia si alzò di scatto prendendo dalla sedia vuota accanto a lei un foglio. Glielo mise davanti con l'aria soddisfatta: aveva sognato quel momento da quando era arrivato. L'immensa gioia che provava, le si poteva leggere in faccia.

"Leggi! Ora Bosco Bianco appartiene solo a me... O meglio, io spero, a noi."

Giorgio afferrò il contratto senza credere ai suoi occhi. Le firme in calce alla fine della pagina non lasciavano alcun dubbio.

"Ma com'è possibile? Dove hai trovato tutti questi soldi? Non riesco a crederci."

Maia si sedette sulle sue ginocchia circondandogli il collo con le braccia.

"E' stato uno scrittore americano ad aiutarmi."

Giorgio scosse la testa sorridendole.

"Hai trovato il diario, non è così? Sei riuscita a trovarlo. Alla fine esisteva davvero, è incredibile."

"Già e adesso è dentro una teca con vetri anti proiettile nella bellissima casa di un collezionista americano."

"Hai dovuto venderlo per comprare l'altra metà della casa, vero?"

"Purtroppo è stato un sacrificio inevitabile, ma sono sicura che Chiara Pizzi è contenta così. E poi una parte del manoscritto l'ho tenuta."

Maia sembrò guardare lontano oltre l'orizzonte ed una folata di vento improvvisamente arrivò alle sue spalle muovendole i capelli.

Giorgio, teneramente, le tolse una ciocca dalla fronte sistemandogliela dietro l'orecchio.

"Cosa significa che una parte l'hai tenuta?"

"Vedi, le ultime dieci pagine del diario, parlano di un amore troppo prezioso per rischiare di farlo finire in mani sbagliate. Un così eccezionale scrittore e soprattutto un uomo meraviglioso come Grant merita che il suo segreto resti soltanto suo. Non sarebbe stato giusto renderlo pubblico, ed io ho voluto che ciò non accadesse, quindi, prima di venderlo, le ho strappate via e distrutte."

Giorgio fece una smorfia di stupore e le diede un pizzico affettuoso su una guancia.

"La cosa si fa interessante, non è che posso sapere di che parlavano queste ultime dieci pagine così sconvolgenti?"

Maia lo baciò sulla bocca, poi si staccò da lui con un'espressione dubbiosa.

"Te lo dirò solamente se resterai qui con me e mi giurerai amore eterno. Non è mai troppo tardi per amare di più."

Giorgio iniziò a ridere, ma fu una risata breve che si esaurì quasi subito facendolo ritornare estremamente serio.

"Signorina Antonini, sta forse cercando d'incastrarmi?"

Maia lo strinse in un abbraccio ancora più forte.

"Signor Betti, ma io l'ho già incastrata. E poi ti abbraccio stretto per fare scorta, perché non so se mi ricapiterà di farlo."

Le sue pupille si fecero piccole, come se l'intensità del suo amore per lei l'accecasse. Batté le palpebre e, in un attimo, la donna che aveva sempre amato, la donna della sua vita, riapparve nitidamente davanti a lui in tutto il suo splendore.

Se avrai paura ad attraversare la strada ti prenderò per mano e l'attraverserò con te.

"Hai un minuto? Sarò breve... Ti amo Maia... Non puoi neanche immaginare quanto. No, non puoi... Ci sembra di avere tanto tempo a disposizione, ma cosa ce ne facciamo del tempo se non abbiamo accanto la persona giusta con cui trascorrerlo."

"Ma io cosa ho fatto per meritare te?"

"Esisti..."

"Lo sai? Mi piace troppo questo tuo modo di guardarmi sempre come se fossi l'unica donna sulla Terra."

"Perché ce ne sono altre?"

Le parole gli morirono in gola, perché a rendere bella una favola non è il principe azzurro, ma chi te la legge.

...Ti sei perso? Accendo un faro? Così ti ritrovi"

"Bosco Bianco è il mio faro... **Accendilo**"

Tu sei l'abbraccio che vale una vita,

i miei sorrisi piu belli,

le risate di cuore,

le cene mano nella mano,

il dolce condiviso,

la stretta piu forte quando camminiamo per strada,

i **baci** dolcissimi,

le carezze piu tenere,

la passione che nasce da due sguardi,

le camminate sotto il sole d'estate,

i giri in centro,

la panchina all'ombra degli alberi fioriti,

la corsa a perdifiato per venirti incontro,

la coperta che mi poggi addosso mentre dormo,

la dolcezza con cui mi ascolti sempre,

la spalla su cui appoggio la testa quando sono triste,

il profumo delle arance,

le coccole prima di andare a dormire,

i " Quanto sei bella" mentre parlo e m'interrompo per dirtelo,

i **baci** sulla schiena,

il gelato al caffè con la panna,

il verso che fai quando ripeto sempre le stesse cose,

il poco trucco per piacermi di piu,

l'attenzione per ogni cosa che racconto,

il mio "ne vali la pena"

tu sei la voglia di tenerti ancora un po' con me quando devo andare

via...

EPILOGO

15 Novembre 1932

Oggi con il mio misero bagaglio sono giunto a Positano, devo dire che sono rimasto molto impressionato da questa cittadina.

Spero tanto che il tempo ne risparmi la bellezza, ma credo che molto dipenderà da quello che sapranno fare gli uomini a venire.

Io ed altri ospiti illustri abbiamo preso alloggio presso la tenuta di Bosco Bianco, nella cittadina di Santa Maria, ospiti del sindaco di Napoli.

Dalla mia stanza si può godere di una vista stupenda, che quasi mi fa dimenticare il perché sono qui. Essa, infatti, si affaccia sulla scogliera e devo dire che questo paesaggio, fatto di marosi spumeggianti, desta in me un'ineffabile suggestione.

Albert Grant

16 Novembre 1932

Ho appena finito di fare un caldo bagno ristoratore.

A volte mi sento in colpa per i privilegi di cui posso usufruire e ciò limita di molto il mio piacere.

Oggi ho fatto una passeggiata sulla spiaggia e seduto in riva al mare ho pensato che questo posto sarebbe perfetto per una storia d'amore.

La famiglia Pizzi, ha messo a mia disposizione una specie di attendente, o forse sarebbe meglio dire un maggiordomo.

Non l'ho potuto rifiutare, data l'insistenza del dottor Pizzi. Il suo nome è Vincenzo. Egli è di una bellezza sconvolgente.

Albert Grant

17 Novembre 1932

Non so cosa stia succedendo nella mia mente; se non ne fosse coinvolto anche il mio cuore, penserei che Dio mi stia mettendo alla prova.

Forse sarà la lontananza dalla mia famiglia, che si protrae oramai da diverse settimane, a farmi sentire così o magari sarà la mancanza dei caldi abbracci di mia moglie Mary. L'unica cosa certa è che la presenza di Vincenzo mi turba profondamente.

So che questo scritto, se fosse letto da persone sbagliate, potrebbe causarmi dei danni irrimediabili.

Purtroppo il bisogno estremo di confessare a qualcuno quello che mi sta succedendo mi spinge a parlarne almeno con me stesso.

Lui è così... perfetto nelle sue forme; la sua grazia, i suoi occhi stranamente di un verde intenso me lo fanno apparire ogni volta come un principe di un antico regno scomparso, in una delle regioni arabe più estreme. Forse sto impazzendo? O mi sto soltanto... innamorando?

Una cosa è certa: ho iniziato a perdere me stesso in questa giungla di nuove sensazioni e so che difficilmente potrò tornare indietro. Infatti ciò sarà impossibile perché la belva del tormento mi sta già divorando.

Che Dio mi aiuti.

Albert Grant

18 Novembre 1932

Oggi per la prima volta gli ho rivolto la parola e, con mia grande sorpresa, ho scoperto che parla un inglese perfetto.

Gli ho chiesto se il bagno serale potesse diventare un appuntamento quotidiano.

Spero che Dio mi perdonerà, ma la voglia di sentire la sua calda mano sulla mia schiena è divenuta per me implacabile.

Sarà che l'amore oltre ad accecare la vista ottenebra anche l'udito, perché il tono della sua voce mi sembra così musicale, così intenso da provare sfacciatamente, anche con alcune domande banali, a farlo parlare il più spesso possibile.

Con il pretesto di un'incipiente influenza ho deciso di rimanere chiuso in casa per avere l'opportunità di stargli vicino. Forse è soltanto un'infatuazione, una febbre improvvisa che ha fatto ardere il mio cuore al punto di farmi delirare, dimenticando chi sono e cosa rappresento.

Che Dio mi aiuti.

Albert Grant

19 Novembre 1932

Stasera ho corso un grande rischio, spero che qualcuno non abbia scoperto quello che veramente provo per Vincenzo.

Un altro ospite, durante la cena, davanti a tutta la famiglia Pizzi ha maltrattato Vincenzo, reo di avergli macchiato il vestito col condimento di una pietanza.

Quando ho visto che con la sua mano lo scansava in malo modo apostrofandolo in maniera irriverente, non ho resistito e, alzatomi dalla sedia, l'ho raggiunto schiaffeggiandolo con il mio tovagliolo per poi allontanarmi dalla stanza sotto gli occhi stupiti dei presenti.

Ora, chiuso nella mia camera, mentre scrivo queste poche righe, sogno che lui abbia intuito il perché l'abbia difeso con tanto calore.

L'innamorato è colui che cerca ogni giorno di conquistare il sorriso di chi ama.

Mi allontano da Dio in questo modo? Chissà, certo è che la cosa più grave è che non provo nessun senso di colpa per ciò che sto facendo.

Spesso penso a mia moglie che a casa prega per me ogni notte prima d'addormentarsi, se solo sapesse…

Che Dio mi aiuti.

Albert Grant

Quello che è successo stasera è meraviglioso, ma forse mi spalancherà le porte dell'inferno.

Io confido in Dio, affinché perdoni ciò che nella mia vita ho sempre considerato parte di Lui, ossia l'amore.

Mentre Vincenzo mi lavava la schiena, io gli ho chiesto scusa per la scena poco edificante a cui l'avevo costretto ad assistere la sera prima.

Lui per un istante si è fermato, poi senza rispondermi ha continuato a lavarmi.

Io ho notato immediatamente la differenza di quel leggero massaggio: esso era divenuto una vera e propria carezza che lui dolcemente mi donava in segno di gratitudine. Improvvisamente ha pronunciato le parole: 'Grazie, signor Grant'

Io voltando la testa verso di lui, gli ho sorriso e, prendendogli la mano, gli ho chiesto di chiamarmi Albert.

Poi l'ho baciato teneramente sulla bocca. Vincenzo, ricambiando il mio bacio, ha soffiato sul fuoco della passione che, scatenatasi in un incendio gigantesco, ha bruciato ogni mia remora.

Quando gli ho tolto i vestiti, il suo corpo completamente nudo è apparso davanti ai miei occhi in tutto il suo splendore.

Confesso di aver sentito l'impulso irresistibile di annusare ogni centimetro della sua pelle, assaggiando con la mia bocca il dolcissimo sapore del suo corpo.
Abbiamo fatto l'amore dando sfogo ad ogni nostro desiderio, punendo il destino che ci ha fatto incontrare troppo tardi.
Alla fine, felice, l'ho invitato ad entrare nella vasca con me ed abbracciandolo gli ho sussurrato all'orecchio di amarlo.
È vero, pare sia molto difficile che il primo amore resti anche l'unico, ma a volte può capitare che per qualcuno una persona possa essere entrambe le cose... Ogni tanto però, ai più fortunati, o ai più sfortunati, potrebbe succedere di rendersi conto che l'ultimo amore sia in realtà il primo e che resterà l'unico per sempre...
Che Dio ci aiuti

Albert Grant

21 Novembre 1932

Mi sveglio, apro gli occhi e in testa ho subito lui. E' il mio primo pensiero nel vero senso della parola. Non ho mai provato nulla di simile. Ed è bello e brutto allo stesso tempo, perché sento che adesso lui è diventato una cosa vitale, come il battito del cuore che non si deve fermare, o come respirare. Ecco pensarlo e respirare ora vanno insieme...

Un respiro, un pensiero per lui. E così tutto il giorno, tutti i giorni.

Vorrei dirmi che c'è una spiegazione logica, ma non c'è, è così e basta e forse lo sarà per sempre. Forse il mio non è più nemmeno amore, ora è diventato vita, La vita stessa... La mia vita.

Albert Grant

22 Novembre 1932

Il gioco, fatto di sguardi furtivi, riempie la nostra giornata.
Ci rincorriamo all'interno della casa, lontani da altri occhi che non
siano i nostri che si fissano amandosi: prima con la mente agognando
la sera, e poi con il mio corpo che si allaccia al suo.
Quando c'incontriamo finalmente soli pronti a fare l'amore,
paghiamo pegno per quelle carezze non fatte in quel mondo troppo
affollato per noi amanti incoscienti.
Chissà che un giorno non ci ritroveremo in compagnia di Paolo e
Francesca.
In questo caso saprò almeno che il mio amore per lui resterà eterno.

Albert Grant

Ci sono storie che quando l'inizi t'immagini subito una cornice d'argento appoggiata sul mobiletto all'ingresso con dentro una foto in cui sono ritratti due innamorati abbracciati che si sorridono a vicenda, e non all'obiettivo. Certo di tempo ne dev'essere passato tanto, si vede dai capelli bianchi e qualche ruga sul viso. Però ti piace pensare che la maggior parte di quelle rughe sono dovute alle tante risate che vi siete fatti in tutti quegli anni passati insieme. La tenerezza è rimasta sempre la stessa, quella che aveva lui quando vi siete messi insieme, che ti ha conquistato al primo sguardo, a cui nemmeno i capelli bianchi o il bianco e nero della foto ha tolto i colori, o meglio il colore, quel rosa che vedeva dappertutto. La vita a volte è una prigione e in una prigione, difficilmente i muri sono colorati di rosa. Ancora ricordo quando qualcuno mi disse il perché del nome secondino. Perché la prigione è il primo guardiano e quindi chi ci lavora dentro diventa il secondo. Forse per questo Dio ti ha dato lui, per far sì che anche quella foto in bianco e nero come la tua vita possa restare sempre a colori, anzi un colore, quel rosa che ora anche io, forse non vedo dappertutto, ma dove sto insieme a lui sicuramente sì. Leggere le favole è facile, si sa già dall'inizio che alla fine vivranno per sempre felici e contenti, viverle è un pochino più difficile, si ha come l'illusione che lo scrittore che sta creando la tua ad un certo punto non ci stia capendo niente e stia andando un po' in confusione.

Allora devi pensarci da solo, devi guardare il tuo amore negli occhi, prendergli le mani e portarlo fuori dal bosco oscuro per fargli vedere che tu non sarai mai la sua prigione o il secondo guardiano, ma sarai il suo castello e il principe che gli darà il bacio del vero amore, ogni giorno, fino a quella foto dentro a quella cornice d'argento appoggiata sul mobiletto all'ingresso, quella in cui ci sono quei due innamorati che i colori ce l'hanno ancora dentro, anzi uno... Rosa... Rosa dappertutto.

Qualche giorno fa, mentre eravamo da soli, gli avevo raccontato la storia dello scrittore ed insegnante Souseki Natsume, il quale, correggendo uno dei suoi studenti, gli aveva spiegato che i giapponesi non erano soliti usare il verbo aisu, amare, perché preferivano non esprimere apertamente il loro amore. Per questo motivo la traduzione corretta di Ti amo in giapponese era "La luna è molto bella vero?"

Stasera, dopo cena, ci siamo messi insieme a tutti gli altri a sorseggiare il caffè seduti in veranda, per godere del fresco refolo di vento che a quell'ora giunge sempre dal mare. Ad un tratto, approfittando di un cielo completamente sereno, ho indicato con il dito la luna e chiamandolo per nome gli ho chiesto...

"La luna è molto bella vero?"

Così nessuno dei presenti, a parte lui, ha potuto capire che l'amo con tutto il mio cuore.

Albert Grant

Stamattina una missiva giuntami dalla mia famiglia mi ha informato che la mia presenza è richiesta urgentemente a Richmond.

In un primo momento ho pensato di fingermi malato, rimandando la partenza, ma il dovere che ho verso i miei familiari m'impone la scelta a me più difficile ed atroce: lasciare Bosco Bianco.

Soprattutto lasciare Vincenzo, che sicuramente non rivedrò mai più. Solo ciò crea in me un dolore immenso, ancor più grande perché non esternabile.

Ho già comunicato la notizia al mio amato e lui si è dimostrato, se mai ce ne fosse bisogno, degno del mio amore.

Vincenzo ha imbrigliato le lacrime domando il cavallo imbizzarrito che scalpitava nel suo cuore.

Ha fatto l'amore con me, facendomi capire, senza parlare, che quella sarebbe stata l'ultima volta. Ho scoperto che anche lui è sposato. Mi ha guardato negli occhi e mi ha detto:

"Sei felice quando io sono tra le sue braccia?"

"No, non lo sono, ma mi conforta il pensiero che non lo sei nemmeno tu..."

In mio ricordo gli ho voluto donare il mio orologio d'oro con sopra inciso il mio nome.

Poi l'ho lasciato andar via e lui se n'è andato sigillandomi sulle labbra l'intensità del suo addio.

Cosa ci faccio qui? Perché devo perdere la mia anima per il bene di altre persone? Sacrificare ciò per cosa? Per l'onore? No, non c'è onore in questo.

L'amore è la vita ed io scelgo la morte che parla agli uomini come il boato dei cannoni. E' forse giusto tutto questo?

Non lo so...

Mi piacerebbe, un giorno, prendere un treno con te, farti poggiare la testa sulla mia spalla e stringere a me il tuo corpo mentre ti addormenti, per poi sorridere al nostro abbraccio riflesso sul finestrino, dove tutto scorre via veloce... Tranne noi...

Albert Grant

Oggi, dopo tanti anni, sono tornato a Bosco Bianco approfittando del giorno di riposo del mio seminario a Roma.

Devo confessare che quando mi fu proposto di parteciparvi accettai solo per avere l'occasione di ritornare dove avevo lasciato il mio cuore.

Adesso, alla luce dei fatti, so che sarebbe stato meglio non venire, restando con la speranza che Vincenzo vivesse felice amandomi nel ricordo come io amo lui.

Anni di guerra non sono riusciti a darmi la morte, ma ora so il perché.

Dio aveva in serbo per me il più duro dei castighi. Lui mi ha tolto la vita questo pomeriggio, usando il dottor Pizzi come mio carnefice.

La sua falce implacabile è caduta su di me quando ha messo nelle mie mani l'orologio che io avevo donato a Vincenzo.

La grandezza di un amore si misura in tanti modi, ma io adesso so che il suo sentimento per me non poteva essere misurato, perché esso era infinito.

Lui è morto per me...

Lo trovarono in possesso del mio orologio.

Fu accusato di furto e condannato a cinque anni di prigione.

Vincenzo, pur di coprire il nostro amore, non esitò a dichiararsi colpevole e, prima di finire in cella, togliersi la vita, accettando la morte, per far sopravvivere ciò che ci aveva unito e che ci unirà in eterno.

Lui è stato il mio sole e il sole non si può spegnere. Ora diventerò un girasole a testa in giù e non lo seguirò più. Ma il mio cuore la pensa in maniera diversa, il mio cuore ha bisogno di calore... E niente scalda più del sole...

Non riesco a scrivere nient'altro... Il dolore mi appanna la vista... Le lacrime stanno affogando le pagine di questo diario.

Domani tornerò a casa, e il mio cadavere rimarrà insepolto perché a nessuno verrà detto che sono morto.

Albert Grant

RINGRAZIAMENTI

Ringrazio tutte le persone che mi amano, che mi vogliono bene, che mi stimano, che mi sostengono e sono sempre al mio fianco, a prescindere se le cito o meno nei ringraziamenti finali di un mio romanzo.

Diego Galdino (classe 1971) vive a Roma e ogni mattina si alza, mentre la città ancora dorme, per aprire il bar dove tutti i giorni prepara il caffè ai personaggi delle sue storie. Con Sperling & Kupfer ha pubblicato il suo romanzo d'esordio, *Il primo caffè del mattino (giunto alla nona ristampa), Mi arrivi come da un sogno, Vorrei che l'amore avesse i tuoi occhi, Ti vedo per la prima volta* e *L'ultimo caffè della sera*. Autore di fama internazionale è pubblicato con successo in Germania, Austria, Svizzera, Polonia, Bulgaria, Serbia, Spagna e nei paesi sudamericani di lingua spagnola.

Bosco Bianco è l'attesissimo romanzo che viene auto pubblicato per una scelta di cuore. Un bellissimo atto d'amore e riconoscenza verso i tanti lettori che da sempre lo stimano.

Made in the USA
Las Vegas, NV
31 January 2022